大头儿子和小头爸爸

小鸟游乐园

★郑春华 著

拼音版

少年儿童出版社

目 录

niào le yí tóu dà xiàng
尿了一头大象

zǎo chen　　Wéi qún mā ma jìn le Dà tóu ér zi de fáng
早晨，围裙妈妈进了大头儿子的房

jiān　　Dà tóu ér zi　kuài qǐ lai le　　　shuō zhe　jiù qù
间："大头儿子，快起来了！"说着，就去

xiān Dà tóu ér　zi de bèi zi
掀大头儿子的被子。

　　děng　děng yí huì　　　　Dà tóu ér zi jǐn jǐn zhuā
"等、等一会……"大头儿子紧紧抓

1

zhù bèi zi bú ràng fàng
住被子不让放。

nǐ zěn me la shì bu shì yòu niào chuáng le
"你怎么啦？是不是又尿床了？"

Dà tóu ér zi gǎn jǐn yáo yao tóu wàng yì yǎn dì
大头儿子赶紧摇摇头，望一眼地

shang de xiǎo gǒu shì shì xiǎo gǒu niào de
上的小狗："是……是小狗尿的！"

Wéi qún mā ma kàn zhe bèi zi shang yí dà tān niào zì
围裙妈妈看着被子上一大摊尿渍：

ò yuán lái shì xiǎo gǒu niào de wǒ qù bǎ tā gǎn zǒu
"哦，原来是小狗尿的，我去把它赶走！"

shuō zhe gù yì zhuǎn shēn yào qù zhuō xiǎo gǒu xiǎo gǒu jí de
说着故意转身要去捉小狗，小狗急得

wāng wāng zhí jiào
"汪汪"直叫。

bú yào bú yào gǎn zǒu xiǎo gǒu Dà tóu ér zi
"不要！不要赶走小狗！"大头儿子

shēn shǒu lā zhù mā ma
伸手拉住妈妈。

Wéi qún mā ma niǔ tóu shuō xiǎo gǒu zhè me bù tīng
围裙妈妈扭头说："小狗这么不听

huà wǒ men hái liú zhe tā gàn shén me
话，我们还留着它干什么？"

2

大头儿子低声说：“你……你就原谅小狗一次吧！”

“好吧。”围裙妈妈说，“要是小狗今天晚上再尿床，我一定要把它赶走！”

大头儿子抱着小狗呆呆地靠在床上：“要是今天晚上我再尿床怎么办？要是我再赖小狗，围裙妈妈一定会把小狗赶走的……”

又到了晚上，围裙妈妈进来说：“大头儿子，别忘了小便，不然晚上要尿床的。”

Dà tóu ér zi gǎn jǐn pá qi lai pǎo jìn cè suǒ
大头儿子赶紧爬起来跑进厕所。

　　yè li xiǎo biàn yí dìng yào jì zhù pá qi lai　zhī dao
"夜里小便一定要记住爬起来，知道

ma
吗？"

　　Dà tóu ér　zi miǎn qiǎng diǎn dian tóu　　zhī dao le
大头儿子勉强点点头："知道了。"

　　Wéi qún mā ma shuō le shēng　wǎn ān　　jiù zǒu chu
围裙妈妈说了声"晚安"，就走出

le xiǎo wū
了小屋。

　　Dà tóu ér　zi zài hēi dōng dōng de chuáng shang fān lái
大头儿子在黑洞洞的床上翻来

fù qù　　yào shi zài niào chuáng zěn me bàn ne
覆去："要是再尿床怎么办呢？"

　　tā zuò qi lai kào zài qiáng shang　　wǒ yì zhí zuò
他坐起来靠在墙上："我一直坐

zhe　jiù bú huì niào chuáng le
着，就不会尿床了。"

　　Dà tóu ér　zi jiù zhè me kào zài qiáng shang　yuè guāng
大头儿子就这么靠在墙上，月光

xià tā de yǐng zi yì diǎn yì diǎn dǎo xia qu le　tā gǎn jǐn
下他的影子一点一点倒下去了，他赶紧

zuò zhèng　　yòu yì diǎn yì diǎn dǎo xia qu le　　yòu gǎn jǐn zuò
坐 正 ；又 一 点 一 点 倒 下 去 了 ，又 赶 紧 坐

zhèng　　　　zuì hòu yí cì zhōng yú dǎo zài le chuáng shang
正 ……最 后 一 次 终 于 倒 在 了 床 上 ，

méi you zài zuò qi lai
没 有 再 坐 起 来 。

　　　　Dà tóu ér zi zuò mèng le　　mèng jian zì jǐ xiǎo biàn
　　大 头 儿 子 做 梦 了 ， 梦 见 自 己 小 便

hěn jí zài pīn mìng bēn pǎo　　zhōng yú kàn jian cè suǒ le　tā
很 急 在 拼 命 奔 跑 ， 终 于 看 见 厕 所 了 ，他

chōng le jìn qù
冲 了 进 去 ……

　　　　zǎo chen　Dà tóu ér zi xǐng lai　tā xiān kāi bèi zi yí
　　早 晨 ，大 头 儿 子 醒 来 ，他 掀 开 被 子 一

kàn　wā　shàng mian yòu shī le yí dà piàn　　tā gǎn jǐn tiào
看 ，哇 ，上 面 又 湿 了 一 大 片 。他 赶 紧 跳

qǐ lai bǎ mén suǒ zhù　　rán hòu bào qi bèi zi zài wū li tuán
起 来 把 门 锁 住 ， 然 后 抱 起 被 子 在 屋 里 团

tuán zhuàn　　zěn me bàn ne
团 转 ：“怎 么 办 呢 ？ ”

　　　　zhè shí　　yǒu yí dào tài yáng guāng shè jìn wū　zhèng
　　这 时 ， 有 一 道 太 阳 光 射 进 屋 ，正

hǎo shè zài Dà tóu ér zi de yǎn jing shang　　duì　wǒ bǎ bèi
好 射 在 大 头 儿 子 的 眼 睛 上 ，“对 ，我 把 被

zi bào chu qu　　ràng tài yáng gōng gong shài yi shài　děng gān
子抱出去，让太阳公公晒一晒，等干

le yǐ hòu zài bào huí lai　　Wéi qún mā ma jiù bù zhī dao wǒ
了以后再抱回来，围裙妈妈就不知道我

niào chuáng le　　xiǎng dào zhè er tā bào zhe bèi zi gāo xìng
尿床了！"想到这儿他抱着被子高兴

de cháo mén nà er pǎo qu
地朝门那儿跑去。

　　Dà tóu ér zi zhàn zài dèng zi shang　　bǎ bèi zi liàng
大头儿子站在凳子上，把被子晾

dào shéng zi shang　　shī shī de yí dà piàn hǎo xiàng yí gè
到绳子上，湿湿的一大片好像一个

dòng wù　Dà tóu ér zi wāi zhe nǎo dai kàn　　hǎo xiàng
动物。大头儿子歪着脑袋看："好像……

hǎo xiàng shì yì tóu dà xiàng　　rán hòu tā yòng shǒu pāi le
好像是一头大象！"然后他用手拍了

pāi bèi zi　　dà xiàng dà xiàng　　qǐng nǐ gǎn kuài duǒ qi lai
拍被子："大象大象，请你赶快躲起来

ba　　yào shi ràng bié ren kàn jian le　　tā men huì shuō wǒ xiū
吧，要是让别人看见了，他们会说我羞

xiū xiū de
羞羞的！"

　　Dà tóu ér zi gāng zǒu　Xiǎo tóu bà ba jiù qiāo qiāo chū
大头儿子刚走，小头爸爸就悄悄出

6

来了，他先从被子的左边伸出小头，又从被子的右边伸出小头："嘿嘿，没人，正好！"然后他从口袋里拿出一支绿色的粉笔，沿着被子上湿湿的大象形状，把"大象"的轮廓给勾了出来。

画好以后，小头爸爸开心地嘿嘿笑，笑完了就喊："大家快来看呀！大头儿子尿了一头大象！大头儿子尿了一头大象！"

大头儿子在屋里听见了，他趴在窗口一看，顿时气得满脸通红，大叫："小头爸爸你坏！我再也不睬你了！"然后他

pēng   pēng guān shang chuāng guān shang mén   yí gè
"砰！砰"关 上 窗 ，关 上 门 ，一 个

rén duǒ zài wū zi li
人 躲 在 屋 子 里。

Xiǎo tóu bà ba jí máng pǎo guo qu qiāo chuāng Dà tóu
小 头 爸 爸 急 忙 跑 过 去 敲 窗 ，大 头

ér zi bù kāi Xiǎo tóu bà ba yòu zhuǎn huí wū li qù qiāo xiǎo
儿 子 不 开；小 头 爸 爸 又 转 回 屋 里 去 敲 小

wū de mén Dà tóu ér zi yě bù kāi Wéi qún mā ma zǒu guo
屋 的 门 ，大 头 儿 子 也 不 开。围 裙 妈 妈 走 过

lai shēng qì de wèn Dà tóu ér zi yòu niào chuáng le
来 生 气 地 问："大 头 儿 子 又 尿 床 了？"

Xiǎo tóu bà ba jí máng bǎ Wéi qún mā ma tuō dào kè
小 头 爸 爸 急 忙 把 围 裙 妈 妈 拖 到 客

tīng li   duì tā shuō Dà tóu ér zi bú shì gù yì niào
厅 里，对 她 说："大 头 儿 子 不 是 故 意 尿

chuáng nǐ bú yào shēng tā de qì
床 ，你 不 要 生 他 的 气！"

kě wǒ zuó tiān wǎn shang lín shuì qián hái dīng zhǔ guo
"可 我 昨 天 晚 上 临 睡 前 还 叮 嘱 过

tā
他……"

Xiǎo tóu bà ba dǎ duàn shuō   nǐ yuè zhè yàng tā yuè
小 头 爸 爸 打 断 说："你 越 这 样 他 越

8

jǐn zhāng jiù yuè yào niào chuáng Xiǎo tóu bà ba shuō zhe
紧张，就越要尿床。"小头爸爸说着

bǎ Wéi qún mā ma qīng qīng wǎng chú fáng li tuī hǎo le hǎo
把围裙妈妈轻轻往厨房里推，"好了好

le zhè jiàn shì jiāo gěi wǒ wǒ bǎo zhèng Dà tóu ér zi hěn
了，这件事交给我，我保证大头儿子很

kuài jiù huì bú niào chuáng de
快就会不尿床的。"

Xiǎo tóu bà ba yòu pǎo dào xiǎo wū qián qiāo jǐ xià shuō
小头爸爸又跑到小屋前敲几下说：

Dà tóu ér zi nǐ bié shēng qì wǒ bú shì xiào hua nǐ
"大头儿子，你别生气，我不是笑话你，

qí shí bà ba xiǎo shí hou yě niào guo dà xiàng hái niào guo
其实，爸爸小时候也尿过大象，还尿过

lǎo hǔ li
老虎哩……"

wū li hū rán chuán chu Dà tóu ér zi de xiào shēng
屋里忽然传出大头儿子的笑声，

mén yě jǐn gēn zhe dǎ kāi le Xiǎo tóu bà ba nà nǐ xiǎo
门也紧跟着打开了："小头爸爸，那你小

shí hou yǒu méi you niào guo kǒng lóng ya
时候有没有尿过恐龙呀？"

Xiǎo tóu bà ba shuō méi you
小头爸爸说："没有。"

9

大头儿子连忙说："那我今天晚上来尿一头大恐龙！"

小头爸爸问："如果医生能让你不尿恐龙也不尿大象，你愿意去找医生看看吗？"

大头儿子连连点头："当然愿意。"

大头儿子跟着小头爸爸来到医院，医生对大头儿子说："小孩子尿床是因为白天玩得太累，或者因为担心自己会尿床而太紧张了。我给你配点药，吃几顿就会好的，另外还要放松一点。"

zhè tiān wǎn shang　　Xiǎo tóu bà ba sòng Dà tóu ér zi
这天晚上，小头爸爸送大头儿子

shàng chuáng　děng Dà tóu ér zi tǎng xia yǐ hòu　Xiǎo tóu bà
上床，等大头儿子躺下以后，小头爸

ba niē zhe tā de bí zi shuō　　jīn tiān wǎn shang bié wàng
爸捏着他的鼻子说："今天晚上别忘

jì niào tóu kǒng lóng chū lai o
记尿头恐龙出来哦！"

Dà tóu ér zi hā hā dà xiào　xiào wán le shuō　　wǒ
大头儿子哈哈大笑，笑完了说："我

yào niào yì tóu hěn dà hěn dà de kǒng lóng　bǎ nǐ niào de lǎo
要尿一头很大很大的恐龙，把你尿的老

hǔ chī diào　　shuō wán tā men yì qǐ hā hā dà xiào
虎吃掉！"说完他们一起哈哈大笑。

zhè tiān bàn yè li　Dà tóu ér zi yòu yào xiǎo biàn le
这天半夜里，大头儿子又要小便了，

tā fān le jǐ gè shēn　hū rán zhēng kai yǎn jing　ěr duo biān
他翻了几个身，忽然睁开眼睛，耳朵边

xiǎng qi le Xiǎo tóu bà ba de shēng yīn　　jīn tiān wǎn shang
响起了小头爸爸的声音："今天晚上

bié wàng jì niào tóu kǒng lóng chū lai o　　Dà tóu ér zi xiào
别忘记尿头恐龙出来哦！"大头儿子笑

le　tā jí máng pá qi lai　pǎo jìn cè suǒ
了，他急忙爬起来，跑进厕所。

zǎo chen　　　Xiǎo tóu bà ba tǎng zài chuáng shang hái méi
早晨，小头爸爸躺在 床 上还没

xǐng　　jiù tīng jian wài mian chuán lai Dà tóu ér zi gāo xìng de
醒，就听见外面 传来大头儿子高兴的

shēng yīn　　Xiǎo tóu bà ba　　wǒ bǎ kǒng lóng niào zài mǎ tǒng
声音："小头爸爸！我把恐 龙 尿在马桶

li le　　méi you niào zài bèi zi shang
里了！没有尿在被子上！"

　　xiǎo tóu bà ba hé Wéi qún mā ma yì qǐ zhēng kāi
小头爸爸和围裙妈妈一起 睁 开

yǎn jing　　yì qǐ dà shēng shuō　　Dà tóu ér zi　　nǐ
眼睛，一起大 声 说："大头儿子！你

zhēn bàng
真 棒！"

　　yòu yí gè yáng guāng càn làn de zǎo chen　　shè qū nèi
又一个阳 光 灿烂的早晨，社区内

shài zhe hěn duō bèi zi　　Dà tóu ér zi hé liǎng gè xiǎo péng yǒu
晒着很多被子。大头儿子和两个小 朋 友

zài bèi zi zhōng jiān zuān lai zuān qu
在被子 中 间钻来钻去。

　　qiáo　　Jīn jin niào le yì zhī tù zi
"瞧，金金尿了一只兔子！"

　　kàn　　zhè shì shuāng bāo tāi niào de yě zhū
"看，这是 双 胞胎尿的野猪！"

　　他们喊着，用粉笔将这些"动物"
的轮廓都勾了出来。

　　这时，小狗衔着它的毯子冲过来
"汪汪"直叫，大头儿子拿起毯子抖开一
看，原来小狗也尿床了。

　　"没关系，不要难为情。"大头儿子

kàn zhe shī yìn zi duì xiǎo gǒu shuō　　nǐ niào le yì zhī dà
看着湿印子对小狗说，"你尿了一只大

hú dié　　　Dà tóu ér zi bǎ xiǎo tǎn zi shài dào shéng zi
蝴蝶！"大头儿子把小毯子晒到绳子

shang　rán hòu yòng hóng sè de fěn bǐ　bǎ　hú dié　de lún
上，然后用红色的粉笔，把"蝴蝶"的轮

kuò gōu le chū lái
廓勾了出来。

　　xiǎo gǒu kàn zhe　　gāo xìng de yòu yáo wěi ba　yòu
　　小狗看着，高兴得又摇尾巴，又

wāng wāng　de jiào
"汪汪"地叫。

hóng tōng tōng de Chūn Jié
红彤彤的春节

　　yào guò Chūn Jié le　　jiā jiā hù hù dōu zài mǎi shí pǐn
　　要 过 春 节 了，家 家 户 户 都 在 买 食 品，
mǎi yī fu　　mǎi biān pào　　hái yǒu de rén cóng yín háng li
买 衣 服，买 鞭 炮……还 有 的 人 从 银 行 里
qǔ qián　　zhàn zài mén kǒu shǔ zhe　　gāo xìng de shuō　　cún le
取 钱，站 在 门 口 数 着，高 兴 地 说："存 了

大头儿子和小头爸爸

yì nián de qián　　zhōng yú kě yǐ qǔ chu lai guò Chūn
一年的钱，终于可以取出来过春

Jié le
节了！"

　　　Dà tóu ér zi hé Xiǎo tóu bà ba tí zhe yòng lai jiǎn
大头儿子和小头爸爸提着用来剪

chuāng huā de hóng zhǐ zǒu guo mǎ lù　　Dà tóu ér zi wàng yì
窗花的红纸走过马路。大头儿子望一

yǎn jǐng chá shū shu　rán hòu wèn　　Xiǎo tóu bà ba　jǐng chá
眼警察叔叔，然后问："小头爸爸，警察

shū shu Chūn Jié fàng jià ma
叔叔春节放假吗？"

　　　dà gài bú huì fàng jià ba　yīn wei jǐng chá shū shu yào
"大概不会放假吧，因为警察叔叔要

ràng wǒ men ān ān xīn xīn de guò Chūn Jié ya
让我们安安心心地过春节呀！"

　　　yào shi xiǎo tōu Chūn Jié de shí hou fàng jià jiù hǎo
"要是小偷春节的时候放假就好

le　zhè yàng jǐng chá shū shu jiù　yě néng fàng jià le
了，这样警察叔叔就也能放假了！"

　　　nǐ shuō shén me　ràng xiǎo tōu fàng jià　Xiǎo tóu bà
"你说什么？让小偷放假？"小头爸

ba hā hā xiào qi lai
爸哈哈笑起来。

16

DATOU ERZI HE XIAOTOU BABA

“是呀，”大头儿子认真地说，“小偷

放假就都待在家里不出来偷东西，那么

警察叔叔就用不着出来抓他们了！”

小头爸爸连连点头：“有道理。”

他们走着走着，迎面又遇上拿着

话筒在叫喊的警察叔叔。

大头儿子忽然停下对小头爸爸说：

“小头爸爸，我有一个好办法，可以让警

察叔叔过春节的时候在家里休息。”

“什么好办法呀？”小头爸爸急忙

把耳朵凑过去。

大头儿子就对着小头爸爸的耳朵悄

17

悄说着，只见小头爸爸听着连连点头，

然后赶紧跑向警察叔叔对着他的耳朵

悄悄说，警察叔叔听着听着笑了，点着

头又去告诉别的警察叔叔……

大头儿子和小头爸爸在家里剪窗

花，可他们剪的"窗花"全是怪兽和

魔鬼。

他们一起将这些窗花分送到家

家户户，然后帮大家贴在窗玻璃上。

大头儿子说："贴着这样的窗花，

小偷夜里就不敢来了！"

小头爸爸说："没了小偷，我们的警

chá shū shu yě kě yǐ ān xīn dāi zài jiā li guò Chūn Jié le
察叔叔也可以安心待在家里过春节了。"

jū mín men dōu shuō zhè zhēn shi yí gè hǎo bàn
居民们都说："这真是一个好办

fǎ
法！"

zài yuǎn chù yǒu yì jiān pò fáng zi lǐ miàn cáng zhe
在远处，有一间破房子，里面藏着

yí pàng yí shòu liǎng gè xiǎo tōu tā men hē zhe jiǔ kěn zhe
一胖一瘦两个小偷，他们喝着酒、啃着

jī tuǐ
鸡腿。

pàng zi shuō jīn tiān yè li kě shì gè hǎo jī
胖子说："今天夜里可是个好机

huì
会。"

shòu zi shuō wèi shén me
瘦子说："为什么？"

pàng zi xié tā yì yǎn bèn dàn jīn tiān wǎn shang
胖子斜他一眼："笨蛋！今天晚上

shì dà nián sān shí xiǎo hái zi bài wán nián yǐ hòu dōu néng
是大年三十，小孩子拜完年以后都能

ná dào dà rén gěi de yā suì qián
拿到大人给的压岁钱。"

瘦子连连点头：“对，对对，小孩子晚上睡得死，我们准能偷到很多钱！”

等到鞭炮声退去以后，瘦小偷悄悄走出破屋子，鬼鬼祟祟地来到居民区，他躲在树后左看右看，发现没有人，得意地笑了：“哈哈，过春节了，连警察也放假了！这下我可以大胆地去偷压岁钱了！”他得意地翻着跟头从树后面出来，一直翻到一栋房子前面才停下。

他抬头一看，只见窗玻璃上一个个恐怖的怪兽，眼睛全都瞪着他，他

xià le yí tiào　diào tóu jiù cháo lìng yí dòng fáng zi pǎo qu
吓了一跳，掉头就朝另一栋房子跑去。

kě pǎo dào lìng yí dòng fáng zi qián mian yí kàn　bō li shang
可跑到另一栋房子前面一看，玻璃上

yòu quán shì mó guǐ de liǎn　tā xià de shuāng tuǐ zhí dǎ duō
又全是魔鬼的脸。他吓得双腿直打哆

suo　zhàn yě zhàn bu wěn　zěn me　　zěn me chuāng huā
嗦，站也站不稳："怎么……怎么窗花

dōu biàn chéng le xià rén de guǐ liǎn
都变成了吓人的鬼脸……"

tā lián lián wǎng hòu tuì zhe　zuì hòu duō suo de shí zài
他连连往后退着，最后哆嗦得实在

zhàn bu zhù le　pū tōng dǎo zài dì shang　lián gǔn dài pá de
站不住了，扑通倒在地上，连滚带爬地

pǎo huí pò fáng zi
跑回破房子。

pàng zi shēng qì de mà tā　méi yòng de dōng xi
胖子生气地骂他："没用的东西！

lián chuāng huā dōu yào hài pà
连窗花都要害怕！"

shòu zi dǎ zhe dǒu shuō　shí zài kě pà jí le　　hǎo
瘦子打着抖说："实在可怕极了！好

xiàng yào bǎ nǐ bā le pí chī diào
像要把你扒了皮吃掉！"

21

pàng zi tào shang yí gè tóu tào　cháo mén wài zǒu qu
胖子套上一个头套，朝门外走去：

nǐ děng zhe　kàn wǒ de ba
"你等着，看我的吧！"

pàng zi zéi tóu zéi nǎo yì zhí zǒu dào Dà tóu ér zi de
胖子贼头贼脑一直走到大头儿子的

jiā mén kǒu　tā zuǒ yòu kàn yí xià　jiù yòng dà qián zi qiào
家门口，他左右看一下，就用大钳子撬

kai mén　rán hòu zuān le jìn qù
开门，然后钻了进去。

tā dōng kàn xī kàn　xiān fā xiàn Dà tóu ér zi de xiǎo
他东看西看，先发现大头儿子的小

wū　jiù tuī mén zǒu jin qu
屋，就推门走进去。

pàng zi kàn dào Dà tóu ér zi lù zài bèi zi wài mian de
胖子看到大头儿子露在被子外面的

bàn gè nǎo dai　qí guài de tíng zhù le　zhè me dà de tóu
半个脑袋，奇怪地停住了："这么大的头，

kěn dìng shì gè dà rén　dà rén shì méi you yā suì qián de
肯定是个大人！大人是没有压岁钱的。"

pàng zi tuì chu lai　yòu zuān jìn Xiǎo tóu bà ba hé Wéi qún mā
胖子退出来，又钻进小头爸爸和围裙妈

ma de fáng jiān
妈的房间。

围裙妈妈 整 个 脑袋 都 蒙 在 被子

里，小头爸爸只露出半个小头。胖子看

着笑了："这就对了！"然后眼睛紧盯着

枕头，双 手 伸 到 枕头下面，可摸着

摸着，胖子的笑容不见了，变成了愤

怒，"这是怎么一回事？这孩子把钱藏到

哪儿去了？"

小头爸爸翻了个身，露出整个脑袋

来，嘴里还说着梦话："警察抓小偷，警

察抓小偷……"胖子一惊，连忙 转 身

逃了出去，他拍拍脑袋琢磨着小头爸爸

刚才的话，忽然狠狠揍自己一拳，"你也

成了笨蛋了,他是在说 梦话!"

胖子拿掉头套, 整 整衣服, 又回到房子前:"我就不相信今晚偷不到!"

当他走近房子时, 忽然看见月光下可怕的"窗花",连连后退,又看见很多 窗户上都有可怕的脸,可怕的脸上有可怕的眼睛,可怕的眼睛全都盯着他……胖子抱住脑袋, 转 身猛跑起来。

"吓死我了!吓死我了!那些 窗花怎么变 成 那么可怕的鬼脸!"胖子一跤跌进破房子。

瘦子说:"记得我们小时候贴的
窗花可漂亮呢!"

胖子说:"我跟我外婆学过,我也会
剪的。"

瘦子说:"真的?你快教教我!"

于是他们一起剪起了窗花,剪得非
常美丽。

瘦子把窗花一张一张摆开了
说:"这些居民为什么要在春节贴那么
可怕的窗花啊?"

胖子想了想:"大概是因为我们。"

瘦子想了想:"对对对,这都怪我

men hài de dà jiā guò Chūn Jié dōu tiē zhè me kě pà de
们，害得大家过春节都贴这么可怕的

chuāng huā rán hòu hū rán shuō āi wǒ men qù bǎ nà
窗花。"然后忽然说，"哎，我们去把那

xiē kě pà de chuāng huā gěi huàn xia lai hǎo ma
些可怕的窗花给换下来好吗？"

shòu zi jì xù shuō wǒ men kě bù néng ràng xiàn zài
瘦子继续说："我们可不能让现在

de hái zi kàn bu dào wǒ men xiǎo shí hou kàn dào guo de
的孩子，看不到我们小时候看到过的

chuāng huā ya
窗花呀！"

pàng zi zhuǎn gè shēn pā zài dì shang kū qi lai
胖子转个身，趴在地上哭起来：

nǐ zhè me yì shuō wǒ hū rán xiǎng qi wǒ sǐ qu de wài
"你这么一说，我忽然想起我死去的外

pó xiǎo shí hou tā gěi wǒ yā suì qián gěi wǒ zuò hóng yán
婆，小时候她给我压岁钱，给我做红颜

sè de xīn yī fu shòu zi yě gēn zhe kū qi lai
色的新衣服……"瘦子也跟着哭起来。

kū wán yǐ hòu tā men jiù ná zhe chuāng huā chū le
哭完以后，他们就拿着窗花出了

mén lái dào yí dòng dòng xiǎo wū de chuāng qián bǎ guǐ liǎn
门，来到一栋栋小屋的窗前，把鬼脸

chuāng huā jiē xia lai　huàn shang hǎo kàn de chuāng huā　　tā
窗　花　揭下来，换　上　好看的　窗　花。他

men tiē ya　　tiē ya　　zhí dào xīng xing huí jiā le　yuè liang huí
们 贴呀，贴呀，直到星星回家了，月亮回

jiā le　　tiān kōng lù chū bái bái de liǎn
家了，天空露出白白的脸。

　　zǎo chen　　hái zi men chuān zhe xīn yī fu zǒu chu jiā
　　早晨，孩子们穿着新衣服走出家

mén　　dà jiā kàn jian piào liang de chuāng huā pāi shǒu jiào
门，大家看见漂亮的窗花拍手叫

qǐ lai　　chuāng huā biàn hǎo kàn le　　chuāng huā biàn hǎo
起来：“窗　花变好看了！窗　花变好

kàn le
看了！”

zhè shí　　hū rán yǒu yí gè pàng zi hé yí gè shòu zi
这时，忽然有一个胖子和一个瘦子

tuī zhe yí liàng xiǎo chē zǒu jìn tā men　chē shang fàng mǎn le
推着一辆小车走近他们，车上放满了

měi lì de chuāng huā　pàng zi tíng xia shuō　zhè er bú huì
美丽的窗花。胖子停下说："这儿不会

zài yǒu xiǎo tōu le　wǒ bǎo zhèng
再有小偷了，我保证！"

shòu zi shuō　　xiǎo tōu yě kě yǐ gǎi zhèng bú zài zuò
瘦子说："小偷也可以改正不再做

xiǎo tōu de
小偷的！"

shuō wán　tā men tuī qi chē jì xù wǎng qián zǒu　zuǐ
说完，他们推起车继续往前走，嘴

li dà shēng hǎn zhe　mài chuāng huā lou　mài chuāng huā
里大声喊着："卖窗花喽！卖窗花

lou
喽！"

Xiǎo tóu bà ba de shēng ri lǐ wù
小头爸爸的 生 日礼物

xià dà yǔ le   Dà tóu ér zi hé Xiǎo tóu bà ba yǐ jí
下大雨了，大头儿子和小头爸爸以及

xǔ duō xíng rén pǎo jìn dì xià tōng dào li dǔo yǔ   hū rán qián
许多行人跑进地下通道里躲雨。忽然前

面传来好听的小提琴声，一个头发
长长的叔叔正在拉小提琴。

正好一个曲子拉完了，观望的行
人都拿出硬币，往地上打开着的小
提琴盒子里放。大头儿子不明白了：
"小头爸爸，这个叔叔为什么要在这儿
拉琴呀？"

"他是流浪艺人，平时就靠在大街
上拉琴挣钱。"小头爸爸回答。

迎面有个人匆忙走来，不小心
撞了小头爸爸一下，只听"吧嗒"一
声，小头爸爸的眼镜被撞落在地上。

āi yā duì bu qǐ   nà rén huāng máng tíng xia jiǎn
"哎呀！对不起！"那人 慌 忙 停下捡

qǐ yǎn jìng   zhǐ jiàn yí kuài jìng piàn shang shuāi chu hǎo jǐ dào
起眼镜，只见一块镜片 上 摔 出好几道

liè fèng   zhè kě zěn me bàn   wǒ tài tai zhù yī yuàn de qián
裂缝，"这可怎么办？我太太住医院的钱

wǒ dōu fù bu qǐ   zhè rén shuō zhe kuài yào jí kū le
我都付不起……"这人说着快要急哭了。

Xiǎo tóu bà ba shuō   wǒ bú yào nǐ péi le   yǐ hòu
小头爸爸说："我不要你赔了，以后

zǒu lù xiǎo xīn diǎn
走路小心点。"

Xiǎo tóu bà ba huí dào jiā li   yòng tòu míng jiāo bù bǎ
小头爸爸回到家里，用透明胶布把

yǎn jìng bǔ hǎo le   zhè yàng hái kě yǐ yòng yí zhèn
眼镜补好了："这样还可以用一阵。"

Wéi qún mā ma huí lai le   āi yō   nǐ zhè yǎn jìng
围裙妈妈回来了："哎哟，你这眼镜

zěn me shuāi chéng zhè yàng
怎么摔 成 这样？"

bú shì Xiǎo tóu bà ba bù dāng xīn   shì nà ge shū shu
"不是小头爸爸不当心，是那个叔叔

bù dāng xīn   zhuàng xia le Xiǎo tóu bà ba de yǎn jìng   Dà
不当心，撞 下了小头爸爸的眼镜。"大

tóu ér zi máng shuō
头儿子忙说。

Wéi qún mā ma fàng xia shǒu zhōng de cài shuō　　zhèng
围裙妈妈放下手中的菜说："正

hǎo míng tiān shì nǐ shēng ri　　gān cuì chóng xīn mǎi yí fù
好明天是你生日，干脆重新买一副

ba　jiù suàn wǒ sòng gěi nǐ de shēng ri lǐ wù
吧，就算我送给你的生日礼物。"

bú yòng le　zài mǎi yí fù yě hěn guì de　děng wǒ
"不用了，再买一副也很贵的，等我

yǒu kòng de shí hou bǎ tā sòng dào yǎn jìng diàn　zài pèi yí kuài
有空的时候把它送到眼镜店，再配一块

xīn jìng piàn jiù xíng le　　Xiǎo tóu bà ba bǎ cài cóng dài zi
新镜片就行了。"小头爸爸把菜从袋子

li yí yàng yí yàng ná chu lai
里一样一样拿出来。

míng tiān shì Xiǎo tóu bà ba de shēng ri　wǒ sòng tā
"明天是小头爸爸的生日，我送他

shén me lǐ wù ne　　　Dà tóu ér zi qīng qīng wèn zì
什么礼物呢？"大头儿子轻轻问自

jǐ　　kě wǒ zhǐ yǒu yì diǎn diǎn qián　zěn me gòu mǎi lǐ
己，"可我只有一点点钱，怎么够买礼

wù ne
物呢？"

第二天早晨大头儿子醒来，他爬起

来，从抽屉里找出一套有很多口袋的

衣服换上，再将小猪扑满里的分币全

部倒进口袋里，然后在厨房里拿了个面

包，对着围裙妈妈的卧室说："围裙妈妈

我去给小头爸爸买生日礼物！"

中午的时候，大头儿子才从地下通

道里走出来，只见他满头大汗，嘴唇

上干裂出一条条"线"，衣服前四只口

袋里鼓鼓的直往下坠，他往上跳一级

台阶，口袋里就传出"哗哗"的声音，

大头儿子用双手紧紧捂着，很开心的

yàng zi
样子。

    tā zǒu jìn yí gè bǎi huò dà lóu　　xiān zǒu dào wán jù
他走进一个百货大楼，先走到玩具

guì tái　　yì xiǎng bù xíng　Xiǎo tóu bà ba shì dà rén　dà rén
柜台，一想不行，小头爸爸是大人，大人

bù xǐ huan wán jù de
不喜欢玩具的。

    Dà tóu ér zi zǒu dào shí pǐn guì tái　　kě yì xiǎng yòu
大头儿子走到食品柜台，可一想又

bù xíng　Xiǎo tóu bà ba yá téng　　bù chī tián de dōng xi
不行，小头爸爸牙疼，不吃甜的东西。

    Dà tóu ér zi zháo jí de zhuàn lai zhuàn qu　　hū rán
大头儿子着急地转来转去，忽然

fā xiàn le yǎn jìng guì tái　　nǎo zi　li dùn shí chū xiàn le Xiǎo
发现了眼镜柜台，脑子里顿时出现了小

tóu bà ba nà fù shuāi pò de yǎn jìng　Dà tóu ér zi gǎn jǐn
头爸爸那副摔破的眼镜。大头儿子赶紧

pǎo dào yǎn jìng guì tái qián　cóng kǒu dai li ná chu suǒ yǒu de
跑到眼镜柜台前，从口袋里拿出所有的

yìng bì　duī zài guì tái shang　ā yí　wǒ yào yòng zhè xiē
硬币，堆在柜台上："阿姨，我要用这些

qián gěi wǒ bà ba mǎi yí fù yǎn jìng
钱给我爸爸买一副眼镜……"

中午过后小头爸爸一进家门，就听
见从里面传来"祝你生日快乐"的音
乐声。小头爸爸喜滋滋地笑了，然后悄
悄朝里面走。

小头爸爸先在电视机前面，看见贴
着一张纸，上面有个朝前的箭头；小
头爸爸按箭头的方向走，又在走廊的
墙上看到同样的箭头；然后走到书
房门口，又看见门上贴着朝里拐的箭
头；小头爸爸推开门，在写字台上看见
往下指的箭头，心想：这个大头儿子在
搞什么鬼呀？

Xiǎo tóu bà ba hào qí de dǎ kāi xiě zì tái xià mian de
小头爸爸好奇地打开写字台下面的

chōu ti　　tā yì wài de fā xiàn yí fù zhǎn xīn de yǎn jìng
抽屉，他意外地发现一副崭新的眼镜。

tā ná qi yǎn jìng　zuǒ kàn yòu kàn　kàn zhe kàn zhe jiù ná qi
他拿起眼镜，左看右看，看着看着就拿起

yǎn jìng qù chú fáng wèn Wéi qún mā ma　　zhè shì nǐ ràng tā
眼镜去厨房问围裙妈妈："这是你让他

gěi wǒ mǎi de ma
给我买的吗？"

　　méi you a　ràng wǒ kàn kan　tā gěi nǐ mǎi de shén
"没有啊，让我看看，他给你买的什

me lǐ wù
么礼物。"

　　tā men hū rán tóng shí wèn　Dà tóu ér zi nǎ lái de
他们忽然同时问："大头儿子哪来的

qián mǎi yǎn jìng
钱买眼镜？"

　　shì wǒ zì jǐ zhèng de qián　　Dà tóu ér zi tū rán
"是我自己挣的钱！"大头儿子突然

chōng jìn chú fáng dé yì de shuō
冲进厨房得意地说。

　　wǒ chàng le hěn duō gē　dà jiā dōu kuā wǒ chàng de
"我唱了很多歌，大家都夸我唱得

好，给了我很多钱，我就用这些钱加上
我存在小猪肚子里的钱，给小头爸爸买
了这份生日礼物！"大头儿子说着说
着，发现爸爸妈妈都不说话，而且表情
有点严肃，就害怕地轻声问，"我做错
了吗？可小头爸爸没说过当流浪艺人是
不好的事情呀！"

小头爸爸叹了口气，说："当流浪艺
人确实没什么错，可那是大人做的事情，
不是小孩做的事情。"

小头爸爸皱着眉头在屋里走来走
去。忽然他走到他们中间停下说："这

样吧，既然是行人的钱，我们就把它们

花在行人的身上。"

大头儿子瞪着眼睛不明白。

小头爸爸拉过大头儿子说："你还记

得我们那次在地下通道里躲雨，不是有

很多行人也在躲雨吗？"

"是啊。"

小头爸爸接着说："我们把你这次

不该得的钱拿出来，去买几把伞，放在地

下通道里，请那位卖报的老婆婆保管，

这样再遇上下雨天，行人就可以借伞

用了……"

“这是个好办法，”围裙妈妈先拍起手来，“我有时候下班走到半路上，最怕的就是突然下起大雨。”

说干就干。小头爸爸先用木板钉了个小木箱，再刷上油漆：“大头儿子，给这放伞的木箱取个名字吧！”

“就叫‘快乐箱’吧。”大头儿子只想了一会儿。

围裙妈妈买来了伞，他们一起拿着箱子和伞朝地下通道走去。

小木箱就钉在报摊老婆婆的旁边，只见老婆婆望着小木箱连连点头。

lù rén yě yǒu tíng xia de　　biān kàn biān shuō
路人也有停下的，边看边说：

zhè zhēn shì　yí jiàn dà hǎo shì
"这真是一件大好事！"

yǐ hòu xià yǔ wǒ men jiù yòng bu zháo zài zhè er děng
"以后下雨我们就用不着在这儿等

bàn tiān le
半天了！

……

yǒu gè ā　yí hū rán zhǐ zhe Dà tóu ér zi shuō　　yuán
有个阿姨忽然指着大头儿子说："原

lái nǐ jīn tiān shàng wǔ zài zhè er chàng gē zhèng qián　　jiù shì
来你今天上午在这儿唱歌挣钱，就是

wèi wǒ men dà jiā zuò hǎo shì a
为我们大家做好事啊！"

Dà tóu ér zi bù hǎo yì si de dī xia le tóu
大头儿子不好意思地低下了头。

xiāng zi dìng hǎo le　　sǎn chā jin qu le　　Dà tóu ér
箱子钉好了，伞插进去了，大头儿

zi yì jiā gāo xìng de huí jiā qù le
子一家高兴地回家去了。

zǒu zhe zǒu zhe　　Dà tóu ér zi hū rán wèn　　Xiǎo tóu
走着走着，大头儿子忽然问："小头

爸爸，这只'快乐箱'算不算我送给你
的生日礼物呀？"

"当然算，这是一份最好的生日礼
物！"

"可那是给大家用的伞，又不是给你
一个人用的伞。"

lǐ wù bù yí dìng shì yào sòng shén me dōng xi
"礼物不一定是要送什么东西。"

Xiǎo tóu bà ba mō zhe Dà tóu ér zi de dà tóu shuō　　lǐ wù
小头爸爸摸着大头儿子的大头说，"礼物

kě yǐ shì yí jiàn kāi xīn de shì qing　　kě yǐ shì yì shǒu gē
可以是一件开心的事情，可以是一首歌，

hái kě yǐ shì yí gè wěn
还可以是一个吻！"

Dà tóu ér zi yí xià tiào qi lai　　nà wǒ zài sòng nǐ
大头儿子一下跳起来："那我再送你

yí fèn lǐ wù　　zhǐ jiàn Dà tóu ér zi yí xià tiào qi lai　lǒu
一份礼物！"只见大头儿子一下跳起来，搂

zhù bà ba yòng lì qīn le yí xià
住爸爸用力亲了一下。

yuè liang dēng xīng xing dēng
月亮灯，星星灯

tiān hēi le jiā jiā hù hù dōu liàng qǐ le dēng dǎ kāi
天黑了，家家户户都亮起了灯，打开
le diàn shì jī wài mian kōng dàng dàng de zhǐ yǒu yě māo
了电视机。外面空荡荡的，只有野猫
zài cǎo cóng zhōng zhuō mí cáng
在草丛中捉迷藏。

Xiǎo tóu bà ba zài shū fáng li duì zhe diàn nǎo xià qí
小头爸爸在书房里对着电脑下棋，

围裙妈妈在客厅里看电视，大头儿子在自己的小屋里玩游戏机，大嘴巴鹦鹉趴在笼子里一动不动，三只小狗在小木房子前面打呵欠。天花板上明亮的灯，照着整幢房子，显得非常安静。

忽然，屋里一片漆黑，围裙妈妈第一个叫起来："哎呀，电没有了！"

"怎么回事？电表出故障啦？"小头爸爸摸黑走出书房，拿了个电筒站到椅子上打开电表检查，"是保险丝断了！这下麻烦了，商店已经关门，家里的保险丝早已经用完了……"

"那今天晚上怎么办？"围裙妈妈着急地说。

大头儿子高兴极了："点蜡烛！我们家有很多蜡烛都放着一直不用的，今天总算派上用场了！"说完他就往厨房跑，结果"咚"地撞到一只凳子上。

小头爸爸急忙说："慢点，让眼睛适应一下！"

"真好玩，像鼹鼠钻地道一样！"大头儿子笑起来，然后他一边说着"鼹鼠来了！鼹鼠来了"一边跑进了厨房。

蜡烛点起来了，屋里有了亮光。

大头儿子盯着跳动的蜡烛火苗，说："我觉得停电真开心！"

"有什么可开心的？你游戏机玩不了了！"小头爸爸说。

"就是，你什么也看不见了！"围裙妈妈也说。

大头儿子一下把蜡烛举起来，照亮了爸爸妈妈的脸："停电了，我们三个人待在了一起，真开心！"

小头爸爸想了一下说："有道理。现在有了电，确实给我们带来了许多方

biàn　　kě yě shǐ wǒ men hù xiāng fēn kāi le　　dāi zài yì qǐ
便，可也使我们互相分开了，待在一起

wán de shí jiān shǎo le　”
玩的时间少了。”

　　　shì a　　wǒ men xiǎo shí hou dào le wǎn shang　　yì
"是啊，我们小时候到了晚上，一

jiā jiù zuò zài dēng xià　　yào me jiǎng gù shi　　yào me zuò yóu
家就坐在灯下，要么讲故事，要么做游

xì　xiàn zài xiǎng qi lai dōu fēi cháng kāi xīn
戏，现在想起来都非常开心……"

　　Dà tóu ér zi shuō　　Wéi qún mā ma　　wǒ men xiàn zài
大头儿子说："围裙妈妈，我们现在

gǎn jǐn yì qǐ lái wán　hǎo ma
赶紧一起来玩，好吗？"

　　Wéi qún mā ma zhí diǎn tóu
围裙妈妈直点头。

　　Dà tóu ér zi shuō　　xiān wán zhuō mí cáng　　wǒ shǔ
大头儿子说："先玩捉迷藏。我数

wán yī　èr　sān　Xiǎo tóu bà ba jiù lái zhǎo wǒ men　　Dà
完一、二、三！小头爸爸就来找我们。"大

tóu ér zi shuō wán　　yì biān pǎo　　yì biān dà shēng shǔ
头儿子说完，一边跑，一边大声数：

　yī　èr　sān　hǎo le　　Xiǎo tóu bà ba zhuǎn guò shēn
"一、二、三！好了！"小头爸爸转过身

来，小心地往过道里走去，他悄悄推开
小屋的门，伸进脑袋看，故意"嘿嘿"笑
着说："快出来吧！我已经看见你了！"就
在这时，大头儿子从他身后轻轻穿到
客厅里，藏在沙发后面，不料围裙妈妈
也躲在那儿，他们搂在一起轻轻地笑，
然后大声说："我们在这儿呢！"

小头爸爸一愣，从小屋里退出来，
左看右看，往厨房里走去。

大头儿子小声对围裙妈妈说："我
又开心又紧张！"

围裙妈妈小声对大头儿子说："我

kāi xīn de jiù yào xiào chū shēng yīn lai le
开心得就要笑出声音来了！”

hū rán　　hōng lōng lōng　　yì shēng xiǎng　jǐn jiē zhe
忽然"轰隆隆"一声响，紧接着

chuán lai Xiǎo tóu bà ba de dà jiào shēng　　āi yō　āi yō
传来小头爸爸的大叫声："哎哟！哎哟！

téng sǐ wǒ le　　Dà tóu ér zi hé Wéi qún mā ma yí xià zhàn
疼死我了！"大头儿子和围裙妈妈一下站

qi lai　　zhí wǎng chú fáng li pǎo　　jiù zài jìn mén de shí
起来，直往厨房里跑，就在进门的时

hou　Xiǎo tóu bà ba hū rán tiào qi lai yì bǎ zhuā zhù tā
候，小头爸爸忽然跳起来一把抓住他

men　　hā hā　　nǐ men shàng dàng la
们："哈哈！你们上当啦！”

Dà tóu ér zi yì biān zhèng tuō yì biān shuō　　bú suàn
大头儿子一边挣脱一边说："不算

bú suàn　nǐ lài pí
不算，你赖皮！”

Wéi qún mā ma shǐ jìn bāi kai Xiǎo tóu bà ba jǐn jǐn zhuō
围裙妈妈使劲掰开小头爸爸紧紧捉

zhù tā de shǒu　　nǐ jiù ài shuǎ huā zhāo
住她的手："你就爱耍花招！”

Xiǎo tóu bà ba dé yì de fēn bié zhuā zhù tā men yì zhī
小头爸爸得意地分别抓住他们一只

shǒu wǎng kè tīng li zǒu zhè bú shì lài pí yě bú shì
手，往 客 厅 里 走："这 不 是 赖 皮，也 不 是

shuǎ huā zhāo zhè jiào dòng nǎo jīn dǒng ma
耍 花 招，这 叫 动 脑 筋，懂 吗？"

Dà tóu ér zi hé Wéi qún mā ma qiāo qiāo jiǎng le jù
大 头 儿 子 和 围 裙 妈 妈 悄 悄 讲 了 句

huà zhǐ jiàn tā men hū rán zhuǎn shēn pū shang qu yì qǐ
话，只 见 他 们 忽 然 转 身 扑 上 去，一 起

hē Xiǎo tóu bà ba de yǎng yang Xiǎo tóu bà ba zhǐ hǎo sōng
呵 小 头 爸 爸 的 痒 痒，小 头 爸 爸 只 好 松

kai tā men zhí wǎng shā fā nà er pǎo Dà tóu ér zi hé Wéi
开 他 们 直 往 沙 发 那 儿 跑，大 头 儿 子 和 围

qún mā ma rào zhe shā fā zhuā tā yì biān hā hā dà xiào
裙 妈 妈 绕 着 沙 发 抓 他，一 边 哈 哈 大 笑；

sān zhī xiǎo gǒu yě gǎn lai còu rè nao pǎo zhe jiào zhe yīng
三 只 小 狗 也 赶 来 凑 热 闹，跑 着 叫 着；鹦

wǔ yě lái le jīng shen shēn cháng bó zi dà shēng wèn
鹉 也 来 了 精 神，伸 长 脖 子 大 声 问：

gàn shén me gàn shén me zhú guāng tiào yuè zhe kè tīng
"干 什 么？干 什 么？"烛 光 跳 跃 着，客 厅

li yí piàn xiào shēng jiào shēng hé shuō huà shēng
里 一 片 笑 声、叫 声 和 说 话 声……

dì èr tiān zǎo chen Dà tóu ér zi yì chū mén jiù bèi
第 二 天 早 晨，大 头 儿 子 一 出 门，就 被

xiǎo péng yǒu men wéi zhù le   wèn
小 朋 友 们 围 住 了 , 问 :

Dà tóu ér zi   nǐ men zuó tiān wǎn shang zài zuò shén
"大 头 儿 子 , 你 们 昨 天 晚 上 在 做 什

me yóu xì ya   zhēn kāi xīn
么 游 戏 呀 ? 真 开 心 ! "

Dà tóu ér zi huí dá   zuó tiān wǎn shang wǒ men jiā
大 头 儿 子 回 答 : "昨 天 晚 上 我 们 家

méi diàn   wǒ men zài wán zhuō mí cáng   Xiǎo tóu bà ba shuǎ
没 电 , 我 们 在 玩 捉 迷 藏 , 小 头 爸 爸 耍

lài pí   dà jiā xiào qi lai
赖 皮 ! "大 家 笑 起 来 。

yòu yí gè xiǎo péng yǒu shuō   jiā li méi you diàn yě
又 一 个 小 朋 友 说 : "家 里 没 有 电 也

tǐng hǎo wán de   kě xī wǒ men jiā tiān tiān dōu yǒu diàn
挺 好 玩 的 , 可 惜 我 们 家 天 天 都 有 电 ! "

Dà tóu ér zi shuō   yǒu diàn kě yǐ bù kāi de ma
大 头 儿 子 说 : "有 电 可 以 不 开 的 嘛 !

Xiǎo tóu bà ba yǐ jing hé Wéi qún mā ma shāng liang hǎo le
小 头 爸 爸 已 经 和 围 裙 妈 妈 商 量 好 了 ,

yǐ hòu wǒ men jiā měi gè xīng qī dōu yǒu yí gè wǎn shang bù
以 后 我 们 家 每 个 星 期 都 有 一 个 晚 上 不

kāi dēng   wǒ men jiù diǎn zhe là zhú zhuō mí cáng   jiǎng gù
开 灯 , 我 们 就 点 着 蜡 烛 捉 迷 藏 、 讲 故

事、做游戏……就像围裙妈妈小时候那样。"

小朋友们都羡慕地说："你们家真开心！可我的爸爸妈妈天天晚上都要看电视的！"

"最好我们家今天晚上也断电，爸爸妈妈看不了电视，就会像你的爸爸妈妈一样跟我玩了！"

大头儿子听着听着，忽然把头和小朋友的凑在一起，悄悄地说着什么。只见小朋友个个听了都乐得直跳："对，我们找小区的张奶奶说去！"他们在大

tóu ér zi de dài lǐng xia   zhí wǎng xiǎo qū huó dong zhōng xīn
头儿子的带领下，直往小区活动中心
pǎo qu
跑去。

Zhāng nǎi nai yíng le chū lái   hái zi men   shén me
张奶奶迎了出来："孩子们，什么
shì a   kàn nǐ men pǎo de mǎn tóu dà hàn   Zhāng nǎi nai
事啊？看你们跑得满头大汗！"张奶奶
zuò xia ná chu shǒu juàn tì xiǎo péng yǒu cā zhe   xiǎo péng yǒu
坐下拿出手绢替小朋友擦着，小朋友
men yí xià wéi zhù Zhāng nǎi nai   jiāng Zhāng nǎi nai dōu zhē
们一下围住张奶奶，将张奶奶都遮
dǎng de kàn bu jiàn le   zhǐ jiàn xiǎo péng yǒu tóu còu zài yì
挡得看不见了。只见小朋友头凑在一
qǐ   qiāo qiāo shuō zhe   Zhāng nǎi nai tīng zhe tīng zhe yí xià
起，悄悄说着，张奶奶听着听着一下
zhàn qi lai dà shēng shuō   hǎo   wǒ zàn chéng
站起来大声说："好！我赞成！"
xiǎo péng yǒu   huá   de pāi qǐ shǒu lai   xiè xie
小朋友"哗"地拍起手来："谢谢
Zhāng nǎi nai
张奶奶！"
bú yòng xiè   zhè shì zhèng dàng de yāo qiú   wǒ huì
"不用谢，这是正当的要求，我会

替你们 说服爸爸妈妈的！"张 奶奶说。

第二天，在小区的报刊栏里，贴出一
张 大大的红纸。许多大人都围着看，后
面 的挤不进去，急得直叫："请站在前
面 的大 声 念一下吧！"

从人群里 传出一个叔叔的 声 音：
"好，我来念：'根据小区全体小 朋 友 的
建议，经我们小区活动 中 心反复讨论
后决定，从今天起本小区每个周一晚
上 停电，目的是让孩子们的爸爸妈妈
能 离开电视机、电脑，借着烛 光 和孩子
待在一起做游戏，讲 故 事……'"

54

DATOU ERZI HE XIAOTOU BABA

一位老奶奶说:"是啊,现在一到晚上,大家都忙着看电视,外面连人影都没有,哪像我们小时候,一到晚上外面是最热闹的。尤其是夏天,大人聚在一起乘凉,小孩在一起捉迷藏……"

"我同意!"一位爸爸第一个在红纸上面签名。

"我也同意!"

wǒ yě tóng yì

"我也同意！"

zhè xià dà jiā dōu wǎng qián yōng   qiǎng zhe qiān míng

这下大家都往前拥，抢着签名，

zhǐ yí huì er   hóng zhǐ shang de míng zi jiù yǐ jing qiān de

只一会儿，红纸上的名字就已经签得

mǎn mǎn de

满满的。

zhè tiān wǎn shang   xīng xing gé wài duō   yuè liang gé

这天晚上，星星格外多，月亮格

wài liàng   jiā jiā hù hù de dēng guāng hé xīng xing yuè liang

外亮，家家户户的灯光和星星月亮

xiàng hù huī yìng   hū rán   dēng guāng yí xià zi miè diào

相互辉映……忽然，灯光一下子灭掉

le   shāo guò yí huì   biàn cóng jiā jiā hù hù chuán chu yí

了，稍过一会，便从家家户户传出一

piàn huān hū shēng

片欢呼声：

ō   tíng diàn lou

"噢！停电喽！"

ō   wǒ men kāi shǐ wán lou

"噢！我们开始玩喽！"

……

56

liǎng zhāng zhào piàn

两 张 照 片

chī zǎo fàn de shí hou　　Xiǎo tóu bà ba duì Wéi qún mā

吃早饭的时候，小头爸爸对围裙妈

ma shuō　　dāi huì er wǒ yǒu jǐ gè tóng shì yào lái wǒ jiā kàn

妈说："待会儿我有几个同事要来我家看

kan　　nǐ zhǔn bèi yí xià

看，你准备一下。"

Wéi qún mā ma gāng bǎ wū zi shōu shi hǎo　　mén líng jiù

围裙妈妈刚把屋子收拾好，门铃就

xiǎng le　　dīng dōng
响 了:"叮 咚!"

huān yíng　huān yíng　　Xiǎo tóu bà ba hé Wéi qún mā
"欢 迎!欢 迎!"小 头 爸 爸 和 围 裙 妈

ma yǐ jí Dà tóu ér zi dōu yíng chu qu le
妈 以 及 大 头 儿 子 都 迎 出 去 了。

kè ren men zài shā fā shang zuò xia le　　Wéi qún mā ma
客 人 们 在 沙 发 上 坐 下 了,围 裙 妈 妈

duān chu le chá hé shuǐ guǒ　　Dà tóu ér zi pěng chu táng hé
端 出 了 茶 和 水 果, 大 头 儿 子 捧 出 糖 盒

fēn táng gěi dà jiā chī
分 糖 给 大 家 吃。

nǐ ér zi zhēn shì kě ài jí le　　　kè ren men
"你 儿 子 真 是 可 爱 极 了!" 客 人 们

shuō
说 。

xiàn zài dà le　　yǐ jing méi you xiǎo shí hou hǎo wán
"现 在 大 了, 已 经 没 有 小 时 候 好 玩

le　　Xiǎo tóu bà ba shuō zhe　　dǎ kāi chōu ti　　ná chu yì
了。"小 头 爸 爸 说 着,打 开 抽 屉, 拿 出 一

běn dà dà de xiàng cè　　zhè lǐ miàn dōu shì Dà tóu ér zi
本 大 大 的 相 册,"这 里 面 都 是 大 头 儿 子

yí suì shí hou de zhào piàn　　nǐ men kàn kan
一 岁 时 候 的 照 片,你 们 看 看!"

dà jiā dōu wéi shang qu kàn
大家都围上去看。

zhè zhāng hǎo wán   zài kū ne
"这张好玩,在哭呢!"

zhè zhāng dà gài hái bú dào yī suì ba
"这张大概还不到一岁吧。"

zhè zhāng
"这张……"

Dà tóu ér zi fēn hǎo le táng   yòu ná chu qí tā líng
大头儿子分好了糖,又拿出其他零

shí   rán hòu yòu qù ná chu tā de gè zhǒng wán jù   hū
食,然后又去拿出他的各种玩具……忽

rán   tā kàn jian kè ren kàn zhe xiàng cè dà xiào qi lai   yí gè
然,他看见客人看着相册大笑起来,一个

ā yí hái yòng shǒu zhǐ zhe shuō   hā hā   zhēn hǎo wán
阿姨还用手指着说:"哈哈,真好玩,

guāng pì gu   Dà tóu ér zi yí xià mǎn liǎn tōng hóng
光屁股……"大头儿子一下满脸通红,

diū kai wán jù zhuǎn shēn pū guo qu   dà jiào   bù xǔ
丢开玩具转身扑过去,大叫:"不许

kàn
看!"

Xiǎo tóu bà ba yí xià duó guo xiàng cè   bǎ tā jǔ de
小头爸爸一下夺过相册,把它举得

59

高高地说："这有什么关系？是你小时候，又不是你现在……"

大头儿子跳起来拿，可拿不到。他眨眨眼一转身，忽然回小屋里去了。

"他还怕难为情呢！"客人们说。

一会儿，从小屋里传出大头儿子的笑声，客人们很奇怪地朝那边看。

小头爸爸说："我这儿子就这样，肯定又找到什么好玩的东西了！"说着，他往小屋那边走，"大头儿子！你在笑什么呀？"

小头爸爸刚进屋，小屋里就传出

qiǎng duó dōng xi de shēng yīn hé zhuàng dǎo dōng xi de shēng
抢夺东西的声音和撞倒东西的声

yīn
音。

Xiǎo tóu bà ba shuō　　gěi wǒ
小头爸爸说："给我！"

Dà tóu ér zi shuō　　bù gěi
大头儿子说："不给！"……

kè ren men zhàn qi lai wǎng xiǎo wū nà bian zǒu　gāng
客人们站起来往小屋那边走，刚

dào mén kǒu　　jiù jiàn Dà tóu ér zi gāo gāo jǔ zhe yì zhāng
到门口，就见大头儿子高高举着一张

zhào piàn cóng lǐ miàn chōng chu lai shuō　　zhè shì wǒ bà ba
照片从里面冲出来说："这是我爸爸

xiǎo shí hou　yě shì guāng pì gu　　kè ren jiē guo zhào piàn
小时候！也是光屁股！"客人接过照片，

xiào zhe chuán lai chuán qu kàn
笑着传来传去看。

tài huá jī le
"太滑稽了！"

gēn xiàn zài hái mán xiàng de ne
"跟现在还蛮像的呢！"

hā hā　yě shì guāng pì gu
"哈哈！也是光屁股！"

......

小头爸爸走出来要抢回照片，被大头儿子用大头顶住："是你自己说的，那是你小时候，又不是你现在！"小头爸爸只好站住。

几天以后的一个下午，大头儿子在家里看动画片，忽然插播一条广告："亲爱的小朋友，婴儿洗澡液现在征集一岁前婴儿照片，如果你有合适的，请速寄给我们……"大头儿子看着看着，忽然想起了什么，飞一样冲进小屋，又飞一样冲出家门往邮筒那儿跑……

这会儿小头爸爸正坐在出租车上
听着音乐广播，忽然音乐停止，插播起
广告："亲爱的家长朋友，婴儿洗澡液
现在征集一岁前婴儿照片，如果你孩
子有合适的，请速寄给我们……"小头爸
爸听着听着，笑起来。一下车他就像贼
一样轻轻走进客厅，又轻轻退出客厅
往邮局那儿赶……

又是几天以后，大头儿子在看动画
片，忽然又插播起广告："婴儿洗澡液
已经征集到许多婴儿照片，经过我们
广泛挑选、研究，已经决定选用以下

两张……"说着，屏幕上出现了两

张 光屁股照片……大头儿子一下跳起

来，冲到电视机前，用两只手捂住其

中的一张，大叫："不——"

小头爸爸走过一个报摊，停下买报

纸。忽然，在并排着的许多报纸中间，出

现了两幅大大的婴儿光屁股照片。小

头爸爸一阵惊喜，拿下眼镜凑近了看，看

见的正是大头儿子那张，他得意地笑

了，然后又看旁边一张："啊？"他差点

叫起来。原来旁边一张正是小头爸

爸自己。

小头爸爸一下满脸通红，然后左看一眼，右看一眼，见暂时没人，就对大嫂说："有这照片的我全买下了！"

小头爸爸扛着一大捆报纸走进家门，就见大头儿子两手叉腰生气地瞪着他："肯定是你把我的光屁股照片寄到电视台去的！"

小头爸爸起先也是板着脸，听大头儿子这么一说，忽然一愣："你说什么？电视台？"

"刚才电视里把我的光屁股照片都放出来了！当然……"说到这儿大头

儿子声音放轻了，"当然……还有

你的……"

"什么？连电视都把我们的照片给

放出来了，放给大家看！"小头爸爸叫起

来，他气得把肩膀上的报纸重重地

放到桌上，"这儿也登着呢！"

就在这时门铃响了。打开门，竟是

两个陌生的阿姨："请问……"阿姨说

着从信封里拿出两张照片，"这两

张照片是从你们这儿寄出的吧？"

他们一看，就是自己的两张照片，

各自一把夺过来，两个阿姨奇怪地望着

他们，又互相看了看。一个阿姨继续说：

"是这样的，这两张照片已经被选中了，可我们还不知道他们的名字叫什么？"

"什么？还要写上名字！"大头儿子和小头爸爸一起叫起来。

两个阿姨微笑着点点头。

大头儿子便抢先指着小头爸爸手里的照片："那张叫'小头爸爸'，就是他！"

小头爸爸一下子满脸通红，也指着大头儿子手上的照片："那张叫'大头

ér zi　　jiù shì tā　　Dà tóu ér zi de liǎn yě　téng　de
儿子'，就是他！"大头儿子的脸也"腾"地

hóng qi lai
红起来。

　　　jǐ tiān yǐ hòu　Dà tóu ér zi hé Xiǎo tóu bà ba zài lù
几天以后，大头儿子和小头爸爸在路

shang kàn jian xíng rén mǎi le
上看见行人买了

洗澡液；在路上看见行人买了洗澡液拿

在手里……赶紧蒙着脸逃回家。不料一

进家门，看见客厅里竟堆着许多这样的

洗澡液。

"这是厂家送来的，说是作为酬

谢。"围裙妈妈乐呵呵地说。

小头爸爸拿起一瓶看着，忽然对大

头儿子说："我们来试一试好吗？"

大头儿子点点头。

他们跳进浴缸用很多洗澡液洗身

体，洗得满浴缸都是泡沫，像被子一样

把他们都裹起来了，他们洗得舒服极了！

wǒ yǐ jing bù jué de nán wéi qíng le   fǎn zhèng nà
"我已经不觉得难为情了,反正那

shì xiǎo shí hou   Dà tóu ér zi xiàng pěng zhe xuě yí yàng
是小时候。"大头儿子像捧着雪一样

pěng zhe féi zào pào mò
捧着肥皂泡沫。

　　Xiǎo tóu bà ba ná qi xǐ zǎo yè de píng zi zǐ xì
　　小头爸爸拿起洗澡液的瓶子仔细

kàn   méi xiǎng dào wǒ men xiǎo shí hou de zhào piàn dà jiā
看:"没想到我们小时候的照片大家

dōu nà me xǐ huan   wǒ jué de fēi cháng zì háo
都那么喜欢,我觉得非常自豪!"

　　shuō wán   tā men yì qǐ zuān jìn pào mò zhōng   cóng
　　说完,他们一起钻进泡沫中,从

lǐ miàn shēn chu Xiǎo tóu bà ba de yì zhī dà jiǎo yā yā   yòu
里面伸出小头爸爸的一只大脚丫丫,又

cóng lǐ miàn shēn chu Dà tóu ér zi de yì zhī xiǎo jiǎo yā yā
从里面伸出大头儿子的一只小脚丫丫。

<ruby>企<rt>qǐ</rt></ruby> <ruby>鹅<rt>é</rt></ruby> <ruby>爸<rt>bà</rt></ruby> <ruby>爸<rt>ba</rt></ruby>

企鹅爸爸

企鹅馆里人挤人，许多小朋友拿着鲜花、玩具和糖果，紧贴在大大的玻璃前面，一边冲玻璃里面的企鹅挥手，一边大声说：

"企鹅爸爸！快把小企鹅孵出来吧！"

……

大头儿子急忙拉住小头爸爸："快，

kuài bǎ wǒ jǔ dào nǐ de jiān bǎng shang　wǒ kàn bu jiàn
快把我举到你的肩膀上，我看不见！"

Dà tóu ér zi pá dào bà ba de jiān bǎng shang　kàn jian
大头儿子爬到爸爸的肩膀上，看见

dà bō li lǐ miàn zhǐ yǒu yì zhī qǐ é　tā dī zhe tóu　yí
大玻璃里面只有一只企鹅，它低着头，一

dòng bú dòng　yàng zi hěn yōu shāng　shēn tǐ xià mian lù chū
动不动，样子很忧伤，身体下面露出

yì zhī dàn　qǐ é bù tíng de yòng chì bǎng fǔ mō zhe　zài
一只蛋，企鹅不停地用翅膀抚摸着。在

qǐ é páng biān yǒu yí zuò é luǎn shí duī qì de xiǎo wū　hái
企鹅旁边有一座鹅卵石堆砌的小屋，还

yǒu yí gè xiǎo chí táng
有一个小池塘。

Xiǎo tóu bà ba bǎ liǎn yǎng de gāo gāo de　kàn jian
小头爸爸把脸仰得高高的："看见

shén me le　kuài gào su wǒ ya　bú liào yí dà dī shuǐ zhū
什么了？快告诉我呀！"不料一大滴水珠

diào zài Xiǎo tóu bà ba de bí jiān shang　yuán lái nà shì Dà
掉在小头爸爸的鼻尖上，原来那是大

tóu ér zi de yǎn lèi
头儿子的眼泪。

Xiǎo tóu bà ba　wǒ jué de qǐ é bà ba jiù shì nǐ
"小头爸爸，我觉得企鹅爸爸就是你，

72

我就是那只企鹅蛋……"大头儿子难过地说。

"是啊。"小头爸爸用力踮起脚尖才看见,"动物也是有感情的!"

这时旁边有个老爷爷说话了:"唉!这只企鹅爸爸已经不吃不喝快十天了,瞧它瘦得皮包骨头,而那只企鹅蛋却不可能孵出来了!"

"为什么?"大头儿子着急地问。

"因为企鹅爸爸太忧伤了,体能不足,再说,这样下去它自己也会死去的。"老爷爷回答。

zhèng shuō zhe　　bō li lǐ miàn chū xiàn le　sì yǎng yuán
正 说着，玻璃里面出现了饲养员

hé shòu yī　　zhǐ jiàn tā men gāng yào kào jìn qǐ é bà ba
和兽医，只见他们刚要靠近企鹅爸爸，

qǐ é bà ba jiù jǐn zhāng de wàng zhe tā men　　rán hòu jí
企鹅爸爸就紧张地望着他们，然后急

máng zhuǎn shēn dài zhe qǐ é dàn zuān jìn shí wū li
忙转身带着企鹅蛋钻进石屋里。

shòu yī hé sì yǎng yuán yáo yao tóu tuì le chū qù
兽医和饲养员摇摇头退了出去。

xiǎo péng yǒu men dōu zháo jí de shuō
小朋友们都着急地说：

zěn me bàn ya　　qǐ é bà ba zhè yàng xià qu huì sǐ
"怎么办呀？企鹅爸爸这样下去会死

diào de
掉的！"

wǒ men yào xiǎng bàn fǎ ràng qǐ é bà ba chī dōng
"我们要想办法让企鹅爸爸吃东

xi
西！"

……

nǐ men kuài bié dà shēng jiǎng huà le　　Dà tóu ér
"你们快别大声讲话了，"大头儿

子小声说，"企鹅爸爸现在需要安静！
等到安静了，它才会出来！"

小朋友们一听，赶紧用手捂住嘴
巴，大玻璃外面一下子变得安静极了。

果然，企鹅爸爸又从石屋里慢慢出
来了。小朋友们高兴极了，都轻声
说：

"大头儿子说得真对！"

"大头儿子，你还有什么好办法让企
鹅爸爸别难过呀？"

……

大头儿子从小头爸爸的肩膀上爬

75

le xià lái   dùn shí bèi xiǎo péng yǒu men tuán tuán wéi zhù le
了下来，顿时被小朋友们团团围住了。

zhǐ jiàn xiǎo péng yǒu men bǎ tóu còu zài yì qǐ   bù zhī zài tīng
只见小朋友们把头凑在一起，不知在听

Dà tóu ér zi jiǎng shén me
大头儿子讲什么……

tīng wán le   xiǎo péng yǒu men hū rán dōu sàn kai le
听完了，小朋友们忽然都散开了，

bō li wài mian zhǐ liú xia Xiǎo tóu bà ba hé Dà tóu ér zi
玻璃外面只留下小头爸爸和大头儿子。

sì yǎng yuán hé shòu yī yòu chū xiàn le   tā men gěi
饲养员和兽医又出现了，他们给

qǐ é bà ba sòng lai yí dà tǒng zuì xīn xian de yú xiā   kě
企鹅爸爸送来一大桶最新鲜的鱼虾。可

qǐ é bà ba kàn yě bú kàn yì yǎn   hái shi jǐn jǐn de hù zhù
企鹅爸爸看也不看一眼，还是紧紧地护住

shēn tǐ xià mian de qǐ é dàn
身体下面的企鹅蛋。

bù yí huì er   sǎn qu de xiǎo péng yǒu yòu dōu huí lai
不一会儿，散去的小朋友又都回来

le   zhǐ jiàn tā men měi gè rén shǒu li dōu ná zhe gè zhǒng
了，只见他们每个人手里都拿着各种

gè yàng de qǐ é wán jù   quán bù jǔ zhe tiē zài dà bō
各样的企鹅玩具，全部举着贴在大玻

lí shang
璃 上：

qǐ é bà ba nǐ kuài kàn ya   tā men yě shì nǐ de
"企鹅爸爸你快看呀！它们也是你的

hái zi
孩子！"

qǐ é bà ba   wǒ men bǎ zhè me duō de qǐ é wán
"企鹅爸爸！我们把这么多的企鹅玩

jù sòng gěi nǐ hǎo ma
具送给你好吗？"

……

kě qǐ é bà ba kàn le yí huì   jiù yòu bǎ tóu dī xia
可企鹅爸爸看了一会，就又把头低下

qù le   Dà tóu ér zi shī wàng de shuō   qǐ é bà ba kěn
去了。大头儿子失望地说："企鹅爸爸肯

dìng zài xiǎng   wǒ de hái zi cái méi you zhè me xiǎo ne   suǒ
定在想，我的孩子才没有这么小呢！所

yǐ tā jiù bú kàn le
以它就不看了……"

tiān àn xia lai le   xiǎo péng yǒu dōu lù xù lí kāi le
天暗下来了，小朋友都陆续离开了

qǐ é guǎn   Dà tóu ér zi hé Xiǎo tóu bà ba yě zǒu le chū
企鹅馆，大头儿子和小头爸爸也走了出

qù
去。

Dà tóu ér zi biān zǒu biān xiǎng zhe shén me　méi tóu
大头儿子边走边想着什么，眉头

zhòu de jǐn jǐn de
皱得紧紧的。

Dà tóu ér zi　nǐ zài xiǎng shí me ya
"大头儿子，你在想什么呀？"

wǒ zài xiǎng bāng zhù qǐ é bà ba de bàn fǎ
"我在想帮助企鹅爸爸的办法。"

Xiǎo tóu bà ba tàn kǒu qì shuō　zhēn nán a　qǐ é
小头爸爸叹口气说："真难啊，企鹅

yòu tīng bu dǒng wǒ men de huà　zěn me bàn ne
又听不懂我们的话，怎么办呢？"

tā men shuō zhe zǒu zhe　lái dào le rè nao de dà jiē
他们说着走着，来到了热闹的大街

shang　liǎng biān yǒu xǔ duō shāng diàn　hū rán　Xiǎo tóu bà
上，两边有许多商店。忽然，小头爸

ba kàn jian yì jiā xì fú shāng diàn　chú chuāng li fàng zhe xuě
爸看见一家戏服商店，橱窗里放着雪

bái de tù zi yī fu　huáng hēi liǎng sè de bào zi yī fu
白的兔子衣服、黄黑两色的豹子衣服

Xiǎo tóu bà ba yí xià bǎ Dà tóu ér zi jǔ qi lai fàng
……小头爸爸一下把大头儿子举起来放

dào jiān bǎng shang　　zhí wǎng xì fú shāng diàn pǎo　　tā chuǎn
到 肩 膀 上 ，直 往 戏 服 商 店 跑，他 喘

zhe cū qì bǎ jiān bǎng shang de Dà tóu ér zi diān de gāo gāo
着 粗 气 把 肩 膀 上 的 大 头 儿 子 颠 得 高 高

de　　chà diǎn shuāi xia lai
的，差 点 摔 下 来。

　　xì fú shāng diàn li yǒu yì tiáo　　láng　　　　dài zhe lǐ
戏 服 商 店 里 有 一 条 "狼"，戴 着 礼

mào　　yí fù shēn shì de yàng zi　　zhèng zài jiē dài gù kè
帽，一 副 绅 士 的 样 子，正 在 接 待 顾 客，

yuán lái tā shì yí gè shū shu zhuāng bàn de　　　　nǐ men fù zǐ
原 来 它 是 一 个 叔 叔 装 扮 的："你 们 父 子

liǎ zhè me zhāo jí de pǎo jin lai　　yí dìng shì yǒu shén me
俩 这 么 着 急 地 跑 进 来，一 定 是 有 什 么

zhòng yào de shì qing　　qǐng kuài shuō ba
重 要 的 事 情？请 快 说 吧！"

　　Xiǎo tóu bà ba xiàng shū shu diǎn dian tóu　　rán hòu shuō
小 头 爸 爸 向 叔 叔 点 点 头，然 后 说：

　　ò　　shì zhè yàng de　　qǐng wèn yǒu méi you qǐ é fú　　wǒ
"哦，是 这 样 的，请 问 有 没 有 企 鹅 服？我

men xū yào yí tào
们 需 要 一 套。"

　　shū shu shuō　　xíng xíng xíng　　wǒ men zhè er chú le
叔 叔 说："行 行 行，我 们 这 儿 除 了

rén de fú zhuāng yǐ wài　suǒ yǒu dòng wù de fú zhuāng dōu
人的服装以外，所有动物的服装都

yǒu　nǐ děng zhe　wǒ jìn qu gěi nǐ ná　shū shu zǒu jìn guì
有。你等着，我进去给你拿。"叔叔走进柜

tái lǐ miàn de yí shàn mén li
台里面的一扇门里……

　　dì èr tiān　yòu yǒu hěn duō xiǎo péng yǒu yǒng jìn qǐ é
　　第二天，又有很多小朋友涌进企鹅

guǎn　tā men dài zhe gèng duō de xiān huā hé míng xìn piàn yǐ
馆，他们带着更多的鲜花和明信片以

jí gè zhǒng piào liang　xiāng tián de qiǎo kè lì hé qǔ qí
及各种漂亮、香甜的巧克力和曲奇

bǐng　bǎ yì zhāng zhāng liǎn jǐn tiē zài bō li shang　bí zi
饼，把一张张脸紧贴在玻璃上，鼻子

jǐ yā de biǎn biǎn de
挤压得扁扁的。

　　hū rán　cóng dà bō li　lǐ miàn de mén li yòu zǒu chu
　　忽然，从大玻璃里面的门里又走出

lai yì zhī qǐ é　tā tóu dà dà de　yáo yao bǎi bǎi de zǒu
来一只企鹅，他头大大的，摇摇摆摆地走

dào qǐ é bà ba shēn biān　qiáo　qǐ é bà ba tái qǐ tóu
到企鹅爸爸身边，瞧，企鹅爸爸抬起头

lai　wàng zhe huǒ bàn yí xià zhàn le qǐ lái　nà zhī qǐ é
来，望着伙伴一下站了起来，那只企鹅

80

dàn zài tā de shēn tǐ xià mian yǐ jing huài le　　biàn chéng le
蛋在它的身体下面已经坏了，变成了

kōng ké
空壳。

dà tóu qǐ é lā qi qǐ é bà ba de　shǒu　　dài
大头企鹅拉起企鹅爸爸的"手"，带

tā zǒu dào yí dà tǒng xīn xian de yú xiā qián　　zì jǐ jiǎ
它走到一大桶新鲜的鱼虾前，自己假

zhuāng bǎ tóu mái xia qu chī　　qǐ é bà ba kàn le yí huì
装把头埋下去吃，企鹅爸爸看了一会，

yě mái xià tóu qu chī qi lai
也埋下头去吃起来。

dà bō li wài mian de xiǎo péng yǒu pīn mìng de gǔ
大玻璃外面的小朋友拼命地鼓

zhǎng　　tā men gāo xìng jí le　　bǎ shǒu li de xiān huā zhí
掌，他们高兴极了，把手里的鲜花直

wǎng kōng zhōng pāo
往空中抛：

à　　qǐ é bà ba chī fàn la
"啊！企鹅爸爸吃饭啦！"

zhēn yào xiè xie zhè zhī dà tóu qǐ é
"真要谢谢这只大头企鹅！"

……

81

企鹅爸爸将一大桶鱼虾都吃完了，高兴地在地上打起滚来。大头企鹅看了看，也跟着倒在地上一起滚，结果滚呀滚呀，企鹅爸爸滚进了水池里，在里面快活地游起泳来，还不停地蹿出水面。

而那只大头企鹅却一下停在水池边，对着企鹅爸爸拍手说起话来："好啊！好啊！再来一个！"

外面的小朋友惊呆了：

"难道这是一只会说话的企鹅？"

"这大概是人装扮的企鹅。"

……

当 企鹅爸爸在快乐地游泳时，那个
大头企鹅来到了小朋友中间，他脱掉
了企鹅的帽子，露出了真正的大头。

"啊，原来是大头儿子！"

"谢谢你救了企鹅爸爸！"

……

小朋友们说着，将手中的鲜花
都献给了大头儿子。

yòu hǎo yòu bù hǎo

又好又不好

fáng wū zài yáng guāng xià mian jìng qiāo qiāo de　　hǎo xiàng
房屋在阳光下面静悄悄的，好像

yě zài shuì lǎn jiào
也在睡懒觉。

Dà tóu ér zi zài tā de xiǎo wū li shuì xǐng le　　tā
大头儿子在他的小屋里睡醒了，他

chuān shang mián shuì yī　　mián tuō xié　　jiù cháo bà ba mā ma
穿上棉睡衣、棉拖鞋，就朝爸爸妈妈

de wò shì nà er pǎo　　tā tuī kai mén　　hū rán yòu xiǎng qi
的卧室那儿跑。他推开门，忽然又想起

shén me　　zài jiāng mén guān shang　　zhàn zài wài mian jǔ qǐ
什么，再将门关上，站在外面举起

shǒu lai　dǔ dǔ dǔ　xiān qīng qīng qiāo mén
手来"笃笃笃"先轻轻敲门。

　　kě wò shì lǐ miàn méi shēng yīn　Dà tóu ér zi jiù jǔ
可卧室里面没声音，大头儿子就举

qi shuāng shǒu yòng lì qiāo　dōng　dōng　dōng
起双手用力敲："咚！咚！咚！"

　　Xiǎo tóu bà ba zhōng yú zhēng kai le yǎn jing　tā zhòu
小头爸爸终于睁开了眼睛，他皱

zhou méi tóu　　qǐng jìn
皱眉头："请进！"

　　Dà tóu ér zi zhè cái tuī mén jìn qu　tā yí kàn dà
大头儿子这才推门进去，他一看大

chuáng shang méi you Wéi qún mā ma　　yí　Wéi qún mā ma
床上没有围裙妈妈："咦？围裙妈妈

ne
呢？"

　　Xiǎo tóu bà ba mō zhe xiǎo tóu hū rán xiǎng qi lai le
小头爸爸摸着小头忽然想起来了：

ò　Wéi qún mā ma yǐ jing chū qu le
"哦，围裙妈妈已经出去了……"

"到哪儿去了？"

"让我想想，睡了一觉又都忘了……哦，想起来了，围裙妈妈参加朋友聚会去了，她临走的时候还说……还说今天天气真好，让我把……把家里的东西都拿出去晒。对，都拿出去晒一晒！"

"都拿出去晒？"大头儿子惊讶地问，问完了还绕屋里看了一圈。

小头爸爸一边起床，一边点着头："我们得赶快照围裙妈妈说的去做，不然太阳没有了，东西也就晒不成了。"

大头儿子高兴地跑来跑去:"把屋里的东西都搬出去,房间里一定空空的,大大的,就像体育馆一样,肯定好玩极了!"

小头爸爸也跑出来了:"可是搬起来很累的,这些沙发呀、茶几呀、椅子呀!"

大头儿子搬起一张椅子说:"没关系的,瞧,我力气可大呢!"说着,大头儿子首先将椅子搬出了家门……

就这样,他们一会儿分开搬,一会儿合作搬,终于把房子里面的东西都搬到了房子外面。太阳照在这些家具

shang jiā jù shǎn shǎn fā liàng　Xiǎo tóu bà ba tái tóu kàn
上，家具闪闪发亮。小头爸爸抬头看

kan tài yáng　dī tóu kàn kan jiā jù shuō　Wéi qún mā ma
看太阳，低头看看家具说："围裙妈妈

zhēn qí guài　wèi shén me yào wǒ men bǎ jiā li de dōng xi
真奇怪，为什么要我们把家里的东西

dōu bān chu lai shài
都搬出来晒？"

yīn wei fáng zi yǒu wū dǐng　shài bu dào tài yáng
"因为房子有屋顶，晒不到太阳

bei
呗！"

yǐ hòu wǒ men bǎ wū dǐng gǎi chéng bō li de　jiù
"以后我们把屋顶改成玻璃的，就

yòng bu zháo bān le　Xiǎo tóu bà ba kàn kan wū dǐng
用不着搬了。"小头爸爸看看屋顶。

Dà tóu ér zi shuō　bù yào bǎ wū dǐng gǎi chéng wū
大头儿子说："不，要把屋顶改成屋

dǐng chuāng　chū tài yáng de shí hou kě yǐ dǎ kai lai　xià yǔ
顶窗，出太阳的时候可以打开来，下雨

de shí hou kě yǐ guān qi lái
的时候可以关起来。"

Xiǎo tóu bà ba mō zhe Dà tóu ér zi de dà tóu shuō
小头爸爸摸着大头儿子的大头说：

duì duì　hái shi nǐ xiǎng de zhōu dào
"对对，还是你想得周到。"

　　Dà tóu ér zi lā qi Xiǎo tóu bà ba de shǒu　　kuài
大头儿子拉起小头爸爸的手："快，

wǒ men dào kōng wū zi lǐ miàn qù wán
我们到空屋子里面去玩！"

　　Dà tóu ér zi hé Xiǎo tóu bà ba yì qǐ zài kōng kōng de
大头儿子和小头爸爸一起在空空的

dà kè tīng lǐ miàn dǎ pīng pāng　　tī qiú　dǎ quán　zuò cāo
大客厅里面打乒乓、踢球、打拳、做操

　　Dà tóu ér zi kāi xīn jí le　　tā luàn bèng luàn tiào
……大头儿子开心极了，他乱蹦乱跳：

xiàn zài dì fang zhēn dà ya　　tā bǎ Xiǎo tóu bà ba tuō dǎo
"现在地方真大呀！"他把小头爸爸拖倒

zài dì　　yì qǐ dǎ gǔn　hái tóu dǐng tóu
在地，一起打滚，还头顶头……

　　zhè shí hou　yǒu yí liàng bān yùn gōng sī de dà kǎ chē
这时候，有一辆搬运公司的大卡车

màn màn kāi guo lai　sī jī dōng kàn xī kàn　　dào dǐ shì nǎ
慢慢开过来，司机东看西看："到底是哪

yì jiā ya　　chē kāi zhe kāi zhe　lái dào le Dà tóu ér zi de
一家呀？"车开着开着，来到了大头儿子的

jiā mén qián　　sī jī yí kàn mén kǒu fàng zhe nà me duō jiā
家门前，司机一看门口放着那么多家

具，高兴地叫着："一定是这一家，没错！"车停下了，搬运工人们三下两下，就把门口的家具都搬到了车上，然后大卡车掉头开走了。

大头儿子和小头爸爸继续在屋里疯玩，他们一起把一列长长的有轨火车铺开了，只见火车"呜呜"叫着在客厅里自由地绕来绕去。

大头儿子跟着火车边跑边说："以前我要玩火车，围裙妈妈总说家里地方小，不让我玩。今天家里地方变大了，玩起来真过瘾，我真希望以后天天

bǎ jiā li de dōng xi dōu bān chu qu shài
把家里的东西都搬出去晒！"

Xiǎo tóu bà ba hū rán xiǎng qi le shén me　　wǒ dào
小头爸爸忽然想起了什么："我到

wài mian kàn kan qù
外面看看去！"

Dà tóu ér zi jì xù wán huǒ chē　　kě wán zhe wán
大头儿子继续玩火车，可玩着玩

zhe　　zhǐ tīng Xiǎo tóu bà ba zài wài mian dà jiào　　Dà tóu ér
着，只听小头爸爸在外面大叫："大头儿

zi　　bù hǎo la　　wǒ men de jiā jù dōu gěi tōu zǒu la
子！不好啦！我们的家具都给偷走啦！"

Dà tóu ér zi yí lèng　　jí máng pǎo chu qu　　zhǐ jiàn
大头儿子一愣，急忙跑出去，只见

wū wài yí xià biàn de kōng kōng de　　āi yā　　wǒ men gǎn
屋外一下变得空空的："哎呀！我们赶

kuài qù zhuī
快去追！"

Dà tóu ér zi hé Xiǎo tóu bà ba jí máng yì qián yí
大头儿子和小头爸爸急忙一前一

hòu kuáng bēn qi lai　　tā men pǎo yí huì　　tíng xia cháo sì
后狂奔起来，他们跑一会，停下朝四

zhōu kàn kan　　kàn dào de shì xíng rén hé zì xíng chē　　pǎo yí
周看看，看到的是行人和自行车；跑一

会，停下朝四周看看，看到的是轿车和巴士。

"怎么办呀？怎么办呀？"他们急得要命，只好继续找。

他们找着跑着，迎面忽然碰上了围裙妈妈，把他们吓了一大跳。

围裙妈妈有点奇怪："干吗？我是鬼啊？"

小头爸爸赶紧低声对大头儿子说："不能让她现在回家！"然后转头对围裙妈妈说："我们……我们正在做游戏，没想到会碰到你……"

"做什么游戏，要做到大街上来？"

"我们是去追家具。"大头儿子刚说出来，就被小头爸爸掐了一下，"哎哟，你干吗掐我呀！"大头儿子叫起来。

围裙妈妈一把将大头儿子拉过去："快告诉妈妈，到底发生了什么事？"

大头儿子看一眼小头爸爸说："我们的家具都给别人偷走了！"

"家具？家具怎么偷呀？"围裙妈妈奇怪极了。

大头儿子继续说："我们把家具都搬到门外去晒太阳，结果就让别人

偷走了！"

"晒家具？谁让你们晒家具的？"围裙妈妈越听越糊涂。

小头爸爸说："是你早晨临走时对我说今天天气真好，让我把家里的东西都拿出去晒一晒，这难道不对吗？"

围裙妈妈一下叫起来："天啊！我是让你把被子、毯子拿出去晒一晒，你……"

小头爸爸说："你自己没说清楚。"

忽然，小头爸爸看见迎面开来一辆搬运公司的大卡车，上面装满了家

jù　　jiù fēi bēn guo qu　Wéi qún mā ma hé　Dà tóu ér　zi　yě
具，就飞奔过去，围裙妈妈和大头儿子也

jǐn jǐn gēn shang　　tā men zhōng yú kàn qīng le　　dà kǎ chē
紧紧跟上。他们终于看清了，大卡车

shang zhuāng zhe de　jiù shì tā men bèi tōu zǒu de　jiā jù　　　tā
上装着的就是他们被偷走的家具。他

men gāng yào hǎn　　zhǐ jiàn dà　kǎ chē liàng zhe wěi dēng jiǎn sù
们刚要喊，只见大卡车亮着尾灯减速

le　　zuì hòu wěn wěn de tíng zài le Dà tóu ér zi jiā de mén
了，最后稳稳地停在了大头儿子家的门

qián
前。

95

Xiǎo tóu bà ba zhuī shang qu shēng qì de wèn　nǐ
小头爸爸追上去生气地问:"你

men wèi shén me tōu wǒ men de jiā jù
们为什么偷我们的家具?"

sī jī xiào xī xī de shuō　duì bu qǐ　shì wǒ men
司机笑嘻嘻地说:"对不起,是我们

bān cuò le　bú shì tōu　qiáo　zhè bù gěi nǐ sòng hui lai le
搬错了,不是偷。瞧,这不给你送回来了

ma　yí jiàn dōu méi you shǎo　fàng xīn ba
吗?一件都没有少,放心吧!"

gōng rén men bǎ jiā jù dōu bān le xià lái　Dà tóu ér zi
工人们把家具都搬了下来。大头儿子

kàn zhe chóng xīn bèi jiā jù tián mǎn de kè tīng　wāi zhe nǎo
看着重新被家具填满的客厅,歪着脑

dai shuō　jiā jù zhǎo hui lai le　zhēn shi yòu hǎo yòu
袋说:"家具找回来了,真是又好又

bù hǎo
不好。"

jiǎ bí zi hé tǎn kè mào
假鼻子和坦克帽

今天，大头儿子一个人坐地铁，小头
爸爸会在终点站那儿等着。

刚才围裙妈妈送大头儿子的时候，
在地铁商店给他买了一顶黄颜色的坦

克帽，这会儿终点站就要到了，大头
儿子把帽子戴了起来：“我要让小头爸
爸认不出我，嘻嘻！”想到这儿他得意地
笑起来。

这会儿，小头爸爸正往地铁车站
终点站走。

小头爸爸心想：“我买一个大鼻子戴
起来，让大头儿子认不出我，嘻嘻！”于
是，小头爸爸就买下一个连着两撇小胡
子的大鼻子。

终点站也有很多等着乘地铁
的人。车一到，上的上，下的下，一片

hùn luàn
混乱。

　　Dà tóu ér zi dài zhe tǎn kè mào cóng dì yī jiē chē
　　大头儿子戴着坦克帽从第一节车
xiāng zǒu xia lai　　zài zhàn tái shang tíng xia　diǎn qi jiǎo dōng
厢走下来,在站台上停下,踮起脚东
zhāng xī wàng　　yí　Xiǎo tóu bà ba ne　　　ér Xiǎo tóu bà
张西望:"咦,小头爸爸呢?"而小头爸
ba zhèng dài zhe jiǎ bí zi　cè zhe liǎn wǎng chē wěi yì biān
爸正戴着假鼻子、侧着脸往车尾一边
zhāng wàng　　　yì biān jiù cóng Dà tóu ér zi miàn qián zǒu guo
张　望,一边就从大头儿子面前走过
qu le
去了。

　　āi yā　　tā men shuí yě méi you rèn chū shuí lai
　　哎呀!他们谁也没有认出谁来。

　　Dà tóu ér zi bú jiàn Xiǎo tóu bà ba　jiù gēn zhe dà jiā
　　大头儿子不见小头爸爸,就跟着大家
yì qǐ chéng diàn tī dào shàng mian de píng tái　rán hòu zǐ xì
一起乘电梯到上面的平台,然后仔细
wǎng xià kàn　hái shi méi you Xiǎo tóu bà ba
往下看,还是没有小头爸爸。

　　nǐ zhè ge chòu ér zi　ràng wǒ hǎo zhǎo　　hū rán
　　"你这个臭儿子,让我好找!"忽然,

从身后传来一声大叫，大头儿子刚要回头看，就已经被那个大人从背面抱了起来，大头儿子没法看见他，可他以为是小头爸爸，就用力左右扭头看，嘴里还说："你这个臭爸爸，让我好等！"

这个大人个子跟小头爸爸差不多，只是鼻子要比小头爸爸大得多。他把大头儿子一直抱到停在外面的车上，往后座上面一塞，自己就坐到前面把车开起来。

"小头爸爸，这车是谁的？真帅！"大头儿子在后座上东摸西看。

大鼻子哈哈笑起来:"我明明是大鼻子爸爸,你怎么叫我小头爸爸?你这孩子,就爱给爸爸取外号!"

大头儿子刚要接着说什么,忽然从前面的后视镜里,看见了一只大鼻子!他赶紧把坦克帽拿下来再仔细看:"你……你不是我的小头爸爸!哇——"大头儿子放声大哭起来。

大鼻子也从后视镜里看见了不戴坦克帽的大头儿子:"糟了!你也不是我的儿子!"他把车立即停在了路旁。

大头儿子的哭叫声,立刻引来过路

的行人以及巡警："怎么回事？这孩子干吗哭成这样？"

"他不是我的小头爸爸，可他硬把我抱上他的车……"

"太可怕了！这是个骗子！"围观的人群说。

"我不是骗子！我是认错了儿子！"大鼻子急得连声说。

"什么什么？你骗了人家小孩，还想骗我们？真是的！"大家更气愤了。

一个警察走上去对大鼻子说："请你跟我们走一趟吧！"

"可……可我的儿子还在地铁车站等我呢！"

警察说："我们会派人去的，请你还是先跟我们走！"

再说小头爸爸往后走着看着，快到中间一节车厢时，从里面跑出来一个跟大头儿子一般高、也戴着黄色坦克帽的男孩，他一看见小头爸爸就喊："大鼻子爸爸！我在这儿呢！"

"你这个臭大头，真是鬼精鬼精的，还是认出了我！"小头爸爸迎上去抱住他说。

shén me shén me　　nǐ mà wǒ chòu dà tóu　nà wǒ jiù
"什么什么？你骂我臭大头？那我就

mà nǐ chòu dà bí zi　　hā hā
骂你臭大鼻子！哈哈！"

Xiǎo tóu bà ba chòng nán hái zhǐ zhi zì jǐ de bí zi
小头爸爸冲男孩指指自己的鼻子，

dé yì de shuō　　bà ba de dà bí zi zěn me yàng　nǐ
得意地说："爸爸的大鼻子怎么样？你

yǒu ma
有吗？"

wǒ cái bú yào ne　xiàng gè xiǎo zhàng peng　lǐ miàn
"我才不要呢，像个小帐篷，里面

zhuān mén zhù bí tì　hā hā
专门住鼻涕，哈哈！"

Xiǎo tóu bà ba qì de yòng lì qiāo qiao tǎn kè mào
小头爸爸气得用力敲敲坦克帽：

nǐ zhè ge xiǎo huài dàn
"你这个小坏蛋！"

guò yí huì nán hái jiào zhe　Dà bí zi bà ba　wǒ è
过一会男孩叫着："大鼻子爸爸，我饿

le
了！"

wǔ fàn xiǎng chī shén me ya　bà ba dài nǐ qù
"午饭想吃什么呀？爸爸带你去！"

男孩连忙说："炸鸡腿、汉堡包、土豆条……"

"好，走吧。"小头爸爸说完，将男孩举到空中，再往后朝肩上一放，然后大步跑起来。男孩高兴得一路喊着："大鼻子爸爸，驾！大鼻子爸爸，驾！"

他们来到一家快餐店。

食物很快送上来了，小头爸爸拿起一瓶胡椒粉，一边往食物上面撒，一边对男孩说："快把帽子拿了……"谁知他刚说到这儿，鼻子忽然痒痒的，他吸了一下，面部表情开始发生变化，只

听"阿嚏"一声巨响,他脸上的假鼻子
像火箭一样飞了出去……

"不好意思,不好意思……"小头爸爸
急忙站起来朝四处点着头说。

"哇——"忽然,坐在他对面的男孩
双手抱着头上的坦克帽大哭起来,
"你不是我的大鼻子爸爸!你的大鼻子是
假的……"

这下,服务员和顾客都围了上来:

"什么什么?他不是你的爸爸?"

"快打110,这儿有个骗小孩的……"

小头爸爸哈哈笑起来,一边说:"你

zěn me gēn bà ba kāi zhè zhǒng wán xiào　　　yì biān shēn shǒu
怎么跟爸爸开这种玩笑？"一边伸手

qù ná nán hái tóu shang de mào zi　　nán hái de tóu lòu chu lai
去拿男孩头上的帽子，男孩的头露出来

le　Xiǎo tóu bà ba jīng dāi le　hǎo bàn tiān cái jiào qi lai
了，小头爸爸惊呆了，好半天才叫起来，

à　nǐ zhēn de bú shì wǒ de Dà tóu ér zi　zāo le　zāo
"啊？你真的不是我的大头儿子！糟了！糟

le　　tā shuō zhe zhàn qi lai　jí zhe yào wǎng wài pǎo
了！"他说着站起来，急着要往外跑，

bèi dà jiā yì qǐ lán zhù　　　bù xǔ liū　jǐng chá mǎ shàng
被大家一起拦住："不许溜，警察马上

jiù dào
就到！"

zhè xià zěn me bàn　wǒ bǎ wǒ zì jǐ de ér zi gěi
"这下怎么办？我把我自己的儿子给

diū le　　Xiǎo tóu bà ba duò zhe shuāng jiǎo
丢了！"小头爸爸跺着双脚。

suí zhe　wū ā wū ā de jǐng chē shēng　jǐng chá dào
随着"呜啊呜啊"的警车声，警察到

le　tā men bǎ Xiǎo tóu bà ba hé kū zhe de nán hái dài shang
了，他们把小头爸爸和哭着的男孩带上

chē zǒu le
车走了。

jǐng chá jú li   liǎng gè bà ba hé liǎng gè ér zi pèng
警察局里，两个爸爸和两个儿子碰

shang le
上了：

Xiǎo tóu bà ba
"小头爸爸——"

Dà bí zi bà ba
"大鼻子爸爸——"

yí wèi jǐng guān zǒu dào tā men miàn qián shuō liǎng
一位警官走到他们面前说:"两

gè cū xīn de bà ba   chà diǎn diū le liǎng gè kě ài de hái
个粗心的爸爸,差点丢了两个可爱的孩

zi
子!"

liǎng gè bà ba bù hǎo yì si de xiào qi lai   yí gè
两个爸爸不好意思地笑起来:一个

zhuā zhua xiǎo tóu   yí gè xī xi dà bí zi
抓抓小头,一个吸吸大鼻子。

Dà tóu ér zi hé nà ge nán hái duì wàng yì yǎn   yě
大头儿子和那个男孩对望一眼,也

róu rou kū hóng de yǎn jing xiào qi lai
揉揉哭红的眼睛笑起来。

mā ma shì gè　　hǎo mó guǐ

妈妈是个"好魔鬼"

Dà tóu ér zi yì biān kàn tú huà shū yì biān chī wǔ fàn

大头儿子一边看图画书一边吃午饭。

Wéi qún mā ma shēng qì le　　tā zǒu guo qu ná qi tú

围裙妈妈生气了，她走过去拿起图

huà shū　　wǎng yì biān de yǐ zi shang yì rēng　　bú liào sān

画书，往一边的椅子上一扔，不料三

zhī xiǎo gǒu yǐ wéi shì ròu gǔ tou　　pū shang qu qiǎng qi lai

只小狗以为是肉骨头，扑上去抢起来，

shū bèi sī chéng le suì piàn　　Dà tóu ér zi dà kū qi lai
书 被 撕 成 了 碎 片 。大 头 儿 子 大 哭 起 来，

zài dèng zi shang tiào zhe hǎn　　nǐ shì yí gè huài mā ma
在 凳 子 上 跳 着 喊："你 是 一 个 坏 妈 妈！

nǐ shì yí gè mó guǐ mā ma　　wǒ bú yào nǐ zuò wǒ de mā ma
你 是 一 个 魔 鬼 妈 妈！我 不 要 你 做 我 的 妈 妈

le
了！"

nǐ zhè me bù tīng huà　　wǒ yě bú yào nǐ zuò wǒ de
"你 这 么 不 听 话，我 也 不 要 你 做 我 的

ér zi le　　Wéi qún mā ma yě zhè me shuō
儿 子 了！"围 裙 妈 妈 也 这 么 说 。

wǒ yào bào gào jǐng chá shū shu　　ràng tā men bǎ nǐ
"我 要 报 告 警 察 叔 叔， 让 他 们 把 你

zhuā qi lai
抓 起 来！"

hǎo de　　wǒ děng zhe　　Wéi qún mā ma bǎ zhuō zi
"好 的，我 等 着 。"围 裙 妈 妈 把 桌 子

shōu shi gān jìng　　jiù dào wò shì li mēng tóu dà shuì
收 拾 干 净，就 到 卧 室 里 蒙 头 大 睡 。

Dà tóu ér zi dú zì liú zài cān tīng li xiǎng le xiǎng
大 头 儿 子 独 自 留 在 餐 厅 里 想 了 想，

jiù pǎo jìn zì jǐ de xiǎo wū　　ná chu tú huà zhǐ huà qǐ huà
就 跑 进 自 己 的 小 屋， 拿 出 图 画 纸 画 起 画

来，他画了一个凶狠的妈妈，手举得高高地握着根棍子，好像要打人，一边是个大脑袋男孩，嘴巴张得大大的，哭得眼泪像雨点一样。

"警察叔叔看见这个魔鬼妈妈，一定会来把她抓走的！"大头儿子满意地笑了。

大头儿子拿着画朝门外跑去，一直跑到一个邮筒边，将画扔了进去。

大头儿子一路跑着跳着往家里去。

他搬张凳子坐在靠门的地方，等着警察叔叔。

可门铃一直不响，大头儿子好几次
打开门朝外看："警察叔叔怎么还不来
呀？"然后他自己摁一下门铃："叮咚！"
门铃没坏呀！

　　大头儿子又坐回小凳子上，看看
墙壁，看看沙发，看看……大头儿子看见
沙发上方一直挂着的那张他和妈妈在
海边的大照片，他们俩一起堆起的大沙
包有多大呀！差不多像座小房子。大头
儿子跑去打开抽屉，拿出一本大相册，
这里面的照片才多呢！瞧，全是他和爸
爸妈妈在大海边的照片……

"要是围裙妈妈被警察叔叔抓走了，

今年夏天就只有小头爸爸带我去大海边

玩了！"大头儿子忽然觉得有点不对头，

他放下照相册，悄悄推开大卧室的门，

见围裙妈妈侧身睡着，脸正好对着

床头柜，那上面也放着一张大照

片，是大头儿子在亲围裙妈妈的脸，围裙

妈妈笑得连眼睛也没有了。大头儿子轻

轻关上门，忽然觉得肚子里的"气"已

经只有一点点了，他转身朝大门外

面冲去，飞一样跑到邮筒边，扒着寄

信口朝里面看，可是邮筒里面已经空

空的了。他大叫起来："哎呀！我的画已经

被邮递员取走了！"

"这可怎么办？警察叔叔马上就会

找到我们家把围裙妈妈抓走的！"大头

儿子一下子急了起来，他只好转身再跑

回家，把门锁上，用大凳子、小凳子

顶住门，用三根大木棒撑住门，也许

这样警察叔叔就抓不走围裙妈妈了。

干完这些，大头儿子又轻轻推开大

卧室的门一看，呀，大床上面空空

的，围裙妈妈不见了！

啊？围裙妈妈已经被警察叔叔抓走

le
了！

Dà tóu ér zi zhuǎn shēn chū le mén yì zhí bēn dào
大头儿子转身出了门，一直奔到

jǐng chá jú tā kàn jian yǒu jǐ gè mā ma zuò zài nà er kě
警察局。他看见有几个妈妈坐在那儿，可

tā men dōu bú shì Wéi qún mā ma Dà tóu ér zi tīng jian jǐng
她们都不是围裙妈妈。大头儿子听见警

guān zài duì tā men shuō jiā zhǎng yào yǒu nài xīn bù néng
官在对她们说："家长要有耐心，不能

suí biàn dǎ mà hái zi Dà tóu ér zi yì yǎn kàn jian zài
随便打骂孩子……"大头儿子一眼看见在

jǐng guān shēn hòu de qiáng bì shang tiē zhe hǎo jǐ zhāng
警官身后的墙壁上，贴着好几张

huà yí kàn jiù zhī dao dōu shì xiǎo hái zi huà de huà shang
画，一看就知道都是小孩子画的。画上

de bà ba mā ma liǎn dōu hěn xiōng yǒu de shǒu chā zài yāo
的爸爸妈妈脸都很凶，有的手叉在腰

li yǒu de shǒu li jǔ zhe tiáo zhou yā Dà tóu ér zi
里，有的手里举着笤帚……呀，大头儿子

kàn jian le zì jǐ de huà yě bèi tiē zài qí zhōng tā zháo jí
看见了自己的画也被贴在其中，他着急

le wèn jǐng chá shū shu nǐ bǎ Wéi qún mā ma zhuā dào
了，问："警察叔叔，你把围裙妈妈抓到

哪里去了？”

“围裙妈妈？哪一个？”警官 转 身 指

着墙，“这上 面有吗？”

大头儿子连忙回答：“没……没有。”

正在这时，外面有人喊这个警官

去听电话，大头儿子急忙走到贴画的

墙跟前，拿出蜡笔，在自己的画上修

改起来：把围裙妈妈凶恶的脸改成了

大笑；把手中的棍子改成一束花；把

大头儿子雨点似的眼泪改成飞扬的花

瓣……

大头儿子这才放心地走出警察局，一

路上他可高兴呢，可是，"围裙妈妈到哪儿去了呢？"他想啊想啊，瞪大眼睛忽然明白过来，"围裙妈妈大概害怕警察来抓她，就自己逃走了！"

"围裙妈妈！你快出来呀！警察叔叔不抓你啦！"大头儿子只好站在家门口这样喊起来。

大头儿子又拿出大喇叭来喊："围裙妈妈！你快出来呀！警察叔叔不抓你啦！"

嘿！大头儿子喊着喊着，真的把围裙妈妈喊回来了：只见她远远地走来，一

118

手拿着好些肉串，一手拿着大杯珍珠奶茶："大头儿子！你是不是饿了？瞧，妈妈给你把点心买回来了！"

大头儿子一下愣住了，他远远地看着妈妈没有跑过去，妈妈也停下了，远远地看着他说："怎么？你还在生妈妈的气吗？"

"围裙妈妈！"大头儿子大叫着飞奔过去，紧紧搂住了妈妈。

围裙妈妈坐在沙发上，大头儿子坐在围裙妈妈腿上，开心地一边吃肉串，一边喝珍珠奶茶……忽然门铃响了，大

头儿子连忙丢下肉串和奶茶，伸手捂住妈妈的嘴巴，让妈妈横躺在沙发上，再找一块布盖在她身上，说："围裙妈妈，你千万不要动。"

门铃响个不停，还有人在叫："屋里有人吗？我们是警察局的。"

大头儿子紧张得浑身哆嗦。

"喂！为什么不开门呀？我们是来送表扬信的，不是来抓人的！"

大头儿子一听，连忙大声问："请再说一遍，你们是来干什么的？"

"我们收到一个孩子寄来的图画，他

DATOU ERZI HE XIAOTOU BABA

huà de mā ma fēi cháng wēn róu　　mā ma jiāng shǒu zhōng de
画 的 妈 妈 非 常 温 柔 ， 妈 妈 将 手 中 的

xiān huā biàn chéng huā bàn yǔ　sǎ zài hái zi de dà nǎo dai
鲜 花 变 成 花 瓣 雨 ， 撒 在 孩 子 的 大 脑 袋

shang　　　　bú xiàng bié de hái zi gěi jǐng chá jú jì lai de
上 。 不 像 别 的 孩 子 给 警 察 局 寄 来 的

huà　　bú shì huà zhe mā ma dǎ tā　　jiù shì huà zhe bà ba
画 ， 不 是 画 着 妈 妈 打 他 ， 就 是 画 着 爸 爸

mà tā
骂 他 …… ”

　　Dà tóu ér zi niǔ tóu cháo shā fā shang hǎn　Wéi qún
大 头 儿 子 扭 头 朝 沙 发 上 喊 ： “ 围 裙

mā ma　　nǐ bié duǒ le　　jǐng chá shū shu bú shì lái zhuā nǐ
妈 妈 ， 你 别 躲 了 ， 警 察 叔 叔 不 是 来 抓 你

de　ér shì lái biǎo yáng nǐ de　　Dà tóu ér zi shuō zhe
的 ， 而 是 来 表 扬 你 的 ！ ” 大 头 儿 子 说 着 ，

jiù dǎ kāi le mén
就 打 开 了 门 。

　　mén kǒu zhàn zhe liǎng gè jǐng chá shū shu　yí gè pàng
门 口 站 着 两 个 警 察 叔 叔 ， 一 个 胖 ，

yí gè shòu　pàng de shǒu li ná zhe Dà tóu ér zi gǎi guo de
一 个 瘦 。 胖 的 手 里 拿 着 大 头 儿 子 改 过 的

huà　shòu de shǒu li pěng zhe yì duǒ zhǐ zuò de dà hóng huā
画 ， 瘦 的 手 里 捧 着 一 朵 纸 做 的 大 红 花 。

121

pàng jǐng chá bǎ zhǐ huā dài zài Wéi qún mā ma xiōng qián shuō
胖 警 察 把 纸 花 戴 在 围 裙 妈 妈 胸 前 说：

nǐ zhēn shì yí wèi hǎo mā ma wǒ men yào hào zhào quán shè
"你 真 是 一 位 好 妈 妈！我 们 要 号 召 全 社

qū de mā ma men xiàng nǐ xué xí
区 的 妈 妈 们 向 你 学 习。"

Wéi qún mā ma lián lián bǎi shǒu bù bù bù wǒ yě
围 裙 妈 妈 连 连 摆 手："不，不 不，我 也

yǒu jí zào de shí hou bǐ rú jīn tiān zhōng wǔ wǒ ér zi
有 急 躁 的 时 候，比 如 今 天 中 午，我 儿 子

jiù shuō wǒ xiàng gè mó guǐ mā ma
就 说 我 像 个 魔鬼 妈妈……"

bù wǒ de mā ma shì gè hǎo mó guǐ Dà tóu ér
"不！我 的 妈妈 是 个 好 魔鬼！"大头儿

zi shēn shǒu wǔ zhù mā ma de zuǐ
子 伸 手 捂住 妈妈 的 嘴。

jǐng chá shū shu xiào qi lai gēn Wéi qún mā ma yì biān
警察 叔叔 笑 起来，跟 围 裙 妈妈 一边

wò shǒu yì biān shuō hǎo mó guǐ mā ma zài jiàn
握 手 一 边 说："好 魔鬼 妈妈 再见！"

rán hòu gēn Dà tóu ér zi yì biān shuō yì biān wò shǒu
然后 跟 大头儿子 一边 说 一边 握手：

hǎo mó guǐ mā ma de ér zi zài jiàn
"好 魔鬼 妈妈 的 儿子 再见！"

xiǎo niǎo yóu lè yuán
小 鸟 游 乐 园

chī guo zǎo fàn　　Xiǎo tóu bà ba dài zhe Dà tóu ér zi qù
吃过早饭，小头爸爸带着大头儿子去

jiāo wài wán
郊外玩。

wǒ tīng shuō nà er yǒu gè zhǒng gè yàng de niǎo hái
"我听说那儿有各种各样的鸟，还

yǒu zhuān mén de xiǎo niǎo biǎo yǎn　　kě yǒu qù ne　　yí lù
有专门的小鸟表演，可有趣呢！"一路

shang Xiǎo tóu bà ba zhè me shuō zhe
上 小头爸爸这么说着。

124

果然，这里面树多鸟更多，美丽的
小鸟有的大尾巴，有的红脖子，还有的
翅膀上面蓝一条、绿一条，好看极了！

小鸟表演台设在半山腰上，观
众坐在台阶似的座位上观看。

在表演台的后面，立着一排大大小
小的鸟。大头儿子拿出一块曲奇饼给小
鸟吃，小鸟一下接过去就用翅膀抱着
吃。旁边的小鸟看见了都想吃，都冲
这只小鸟喳喳叫。这时只见一个腰里绑
着黑布带的叔叔走过来对大头儿子说：
"不要给小鸟喂食。"然后他一下拍掉小

niǎo zhèng chī zhe de qǔ qí bǐng　xiǎo niǎo kàn zhe diào dào dì
鸟 正 吃 着 的 曲 奇 饼。小 鸟 看 着 掉 到 地

shang de měi wèi shí wù　dī tóu shāng xīn de jiào zhe　Dà tóu
上 的 美 味 食 物，低 头 伤 心 地 叫 着。大 头

ér zi shēng qì de dèng le shū shu yì yǎn
儿 子 生 气 地 瞪 了 叔 叔 一 眼。

　　zhè ge shū shu zǒu dào tái qián　wǎng tái shang fàng xia
这 个 叔 叔 走 到 台 前， 往 台 上 放 下

yí jià xiǎo xiǎo de huá tī　zhuǎn shēn yòng shǒu zhǐ tuō qǐ yì
一 架 小 小 的 滑 梯， 转 身 用 手 指 托 起 一

zhī xiǎo lǜ niǎo fàng dào tái shang　xiǎo lǜ niǎo biàn pá shang
只 小 绿 鸟 放 到 台 上， 小 绿 鸟 便 爬 上

huá tī　kāi xīn de huá le xià lái　guān zhòng men jīng yà de
滑 梯，开 心 地 滑 了 下 来，观 众 们 惊 讶 得

lián lián gǔ zhǎng
连 连 鼓 掌。

　　Dà tóu ér zi rěn bu zhù zǒu dào tái qián zǐ xì kàn　shū
大 头 儿 子 忍 不 住 走 到 台 前 仔 细 看。叔

shu yòu zhuǎn shēn tuō qǐ yì zhī hóng wěi niǎo　ràng tā zǒu dú
叔 又 转 身 托 起 一 只 红 尾 鸟，让 它 走 独

mù qiáo　hóng wěi niǎo wěn wěn de zǒu guo qu le
木 桥，红 尾 鸟 稳 稳 地 走 过 去 了。

　　jiù zài guān zhòng yòu yí cì gǔ zhǎng de shí hou　Dà
就 在 观 众 又 一 次 鼓 掌 的 时 候，大

tóu ér zi hū rán fā xiàn nà xiē tíng zài tái hòu jià zi shang de
头 儿 子 忽 然 发 现 那 些 停 在 台 后 架 子 上 的

niǎo　　gè gè jiǎo shang dōu bèi yì gēn tiě liàn tiáo jǐn jǐn suǒ
鸟 ， 个 个 脚 上 都 被 一 根 铁 链 条 紧 紧 锁

zhù　　Dà tóu ér zi chī jīng de pǎo shang qu zhuā zhù shū shu de
住 。 大 头 儿 子 吃 惊 地 跑 上 去 抓 住 叔 叔 的

shǒu zhí yáo　　shū shu　　shū shu　　nǐ wèi shén me yào suǒ zhù
手 直 摇 ："叔 叔 ！ 叔 叔 ！ 你 为 什 么 要 锁 住

xiǎo niǎo ya
小 鸟 呀 ？ "

　　shū shu bú nài fán le　　bǎ Dà tóu ér zi qīng qīng tuī
叔 叔 不 耐 烦 了 ， 把 大 头 儿 子 轻 轻 推

kai　　jì xù biǎo yǎn　　tā ná chu shí zhāng xiě zhe shù zì de
开 ， 继 续 表 演 。 他 拿 出 十 张 写 着 数 字 的

kǎ zhǐ　　cóng　　dào　　pái liè zài tái shang　　rán hòu zhuǎn
卡 纸 ， 从 1 到 10 排 列 在 台 上 ， 然 后 转

shēn tuō qi yì zhī wǔ cǎi niǎo duì dà jiā shuō　　zhè zhī niǎo
身 托 起 一 只 五 彩 鸟 对 大 家 说 ："这 只 鸟

shì zuì cōng ming de niǎo　　tā huì zuò　　yǐ nèi de jiā jiǎn
是 最 聪 明 的 鸟 ， 它 会 做 10 以 内 的 加 减

chéng chú　　xiàn zài qǐng yí wèi guān zhòng lái chū yí dào tí
乘 除 。 现 在 请 一 位 观 众 来 出 一 道 题

mù
目 。 "

一位大姐姐观众站起来说:"七减三。"

只见五彩鸟在台上转了几圈,就走到一张写着"4"的卡纸前面,用嘴巴将它衔了出来。

在大家的鼓掌声中,大头儿子悄悄靠近离自己最近的一只小鸟身边,伸手去拨弄小鸟脚上的锁。叔叔看见生气了,跑过去大声训斥大头儿子:"你这孩子怎么捣乱呀?小心我揍你!"说着,他冲大头儿子挥挥拳头。

"不许欺负小孩!不许欺负小孩!"有

jǐ gè guān zhòng jiào qi lai　shū shu cái bǎ quán tóu fàng xia
几 个 观 众 叫 起来，叔叔 才 把 拳 头 放 下 。

Xiǎo tóu bà ba xùn sù pǎo dào qián mian　lā kāi Dà tóu
小 头 爸爸 迅 速 跑 到 前 面，拉 开 大 头

ér zi　kě Dà tóu ér zi piān bù kěn lí kāi　tā bú ràng
儿子， 可 大 头 儿子 偏 不 肯 离 开："他 不 让

xiǎo niǎo fēi　jiù bú shì xiǎo niǎo de péng you　wǒ shì xiǎo niǎo
小 鸟 飞 , 就 不 是 小 鸟 的 朋 友！我 是 小 鸟

de péng you　wǒ yào jiù xiǎo niǎo
的 朋 友！我 要 救 小 鸟！"

Xiǎo tóu bà ba xiǎng le yí xià　duì zhe Dà tóu ér zi
小 头 爸爸 想 了 一 下， 对 着 大 头 儿子

de ěr duo qiāo qiāo shuō le jǐ jù huà　zhǐ jiàn Dà tóu ér zi
的 耳 朵 悄 悄 说 了 几 句 话， 只 见 大 头 儿子

tīng zhe tīng zhe xiào qi lai　guāi guāi de gēn zhe Xiǎo tóu bà ba
听 着 听 着 笑 起来， 乖 乖 地 跟 着 小 头 爸爸

zǒu le
走 了 。

Dà tóu ér zi hé Xiǎo tóu bà ba jiǎ zhuāng zǒu yuǎn
大 头 儿子 和 小 头 爸爸 假 装 走 远

le　rán hòu chèn dà jiā bú zhù yì　yòu qiāo qiāo guǎi hui lai
了， 然 后 趁 大 家 不 注 意， 又 悄 悄 拐 回 来，

duǒ zài fù jìn de shù cóng li　zhǐ jiàn shū shu yòu zài ràng xiǎo
躲 在 附 近 的 树 丛 里。 只 见 叔叔 又 在 让 小

niǎo biǎo yǎn qí zì xíng chē　xiǎo niǎo bú yuàn yi　shū shu jiù
鸟表演骑自行车，小鸟不愿意，叔叔就

gěi tā chī yí yàng dōng xi
给它吃一样东西。

　　Xiǎo tóu bà ba shuō　　nǐ xiàn zài míng bai nà ge shū
　　小头爸爸说："你现在明白那个叔

shu wèi shén me bú ràng nǐ gěi xiǎo niǎo wèi shí le ba
叔为什么不让你给小鸟喂食了吧？"

　　Dà tóu ér zi diǎn dian tóu shuō　　yīn wei xiǎo niǎo chī
　　大头儿子点点头说："因为小鸟吃

bǎo le　　jiù bù kěn tīng tā de huà le　　zhè xiē xiǎo niǎo zhēn
饱了，就不肯听他的话了！这些小鸟真

kě lián　　tā men tiān tiān dōu zài è dù zi
可怜，它们天天都在饿肚子。"

　　xiǎo niǎo biǎo yǎn jié shù le　　guān zhòng sàn kāi le
　　小鸟表演结束了，观众散开了。

　　kě lián de xiǎo niǎo biǎo yǎn wán le hái bèi suǒ zài jià zi
　　可怜的小鸟表演完了还被锁在架子

shang　　tā men tái tóu jiào　dī tóu míng　kě shū shu lǐ yě
上，它们抬头叫，低头鸣，可叔叔理也

bù lǐ tā men　zhǐ guǎn zì jǐ chī fàn qù le　　zhè ge chòu
不理它们，只管自己吃饭去了。"这个臭

shū shu　wǒ zhēn xiǎng zòu biǎn tā　　Dà tóu ér zi qì de wò
叔叔，我真想揍扁他！"大头儿子气得握

jǐn quán tóu
紧 拳 头 。

wǒ men bǎ tā de xiǎo niǎo fàng le   bǐ zòu tā yí
"我 们 把 他 的 小 鸟 放 了 ， 比 揍 他 一

dùn hái yào chū qì li   Xiǎo tóu bà ba shuō
顿 还 要 出 气 哩 ！ " 小 头 爸 爸 说 。

tā men qiāo qiāo kào jìn biǎo yǎn tái   Dà tóu ér zi jí
他 们 悄 悄 靠 近 表 演 台 。 大 头 儿 子 急

máng qù bāi xiǎo niǎo jiǎo shang de suǒ   hái   hāi   hāi   de shǐ
忙 去 掰 小 鸟 脚 上 的 锁 ， 还 "嗨 ！ 嗨" 地 使

jìn   bǎ liǎn zhàng hóng le yě méi you yòng   Xiǎo tóu bà
劲 ， 把 脸 涨 红 了 也 没 有 用 。 " 小 头 爸

ba   zhè suǒ tài nán dǎ kāi le
爸 ， 这 锁 太 难 打 开 了 ！ "

zhè xià děi kàn Xiǎo tóu bà ba le ba   Xiǎo tóu bà
" 这 下 得 看 小 头 爸 爸 了 吧 ！ " 小 头 爸

ba zài dì shang zhǎo dào yì gēn qiān sī   zài bǎ qiān sī sān
爸 在 地 上 找 到 一 根 铅 丝 ， 再 把 铅 丝 三

qū liǎng qū   jiù biàn chéng yì bǎ gǔ guài de yào shi   qiáo
曲 两 曲 ， 就 变 成 一 把 古 怪 的 钥 匙 ， "瞧 ，

zhè jiù shì Xiǎo tóu bà ba pái wàn néng yào shi   shuō wán
这 就 是 小 头 爸 爸 牌 万 能 钥 匙 。 " 说 完 ，

tā jiāng wàn néng yào shi chā jìn suǒ li   zhǐ qīng qīng yí
他 将 万 能 钥 匙 插 进 锁 里 ， 只 轻 轻 一

zhuàn　suǒ jiù　ba dā　yì shēng dǎ kāi le
转，锁就"吧嗒"一声打开了。

ō　Xiǎo tóu bà ba wàn suì　Dà tóu ér zi rěn bu
"噢！小头爸爸万岁！"大头儿子忍不

zhù huān jiào qǐ lai　jié guǒ jià zi shang de xiǎo niǎo yīn wei
住欢叫起来，结果架子上的小鸟因为

shòu jīng　dōu gēn zhe jī zhā jī zhā jiào qǐ lai
受惊，都跟着叽喳叽喳叫起来。

Xiǎo tóu bà ba jí máng shuō　qīng diǎn　bié ràng nà
小头爸爸急忙说："轻点，别让那

ge huài shū shu tīng jian le
个坏叔叔听见了！"

Xiǎo tóu bà ba biān kāi suǒ　biān kàn jian le yuǎn yuǎn
小头爸爸边开锁，边看见了远远

gǎn lai de huài shū shu　zháo jí de shuō　bù hǎo　tā lái
赶来的坏叔叔，着急地说："不好，他来

le　yú shì tā men fēi sù dǎ kāi yì bǎ bǎ shēng xiù de
了！"于是他们飞速打开一把把生锈的

suǒ　ràng jià zi shang de xiǎo niǎo dōu fēi le qǐ lái
锁，让架子上的小鸟都飞了起来。

huài shū shu kàn jian le fēi qǐ lai de xiǎo niǎo　dà jiào
坏叔叔看见了飞起来的小鸟，大叫

zhe bēn guo lai　zhè shì zěn me huí shì　zhè shì shuí gàn
着奔过来："这是怎么回事？这是谁干

de
的？"

小头爸爸开完最后一把锁，大头儿
子还不忘塞给小鸟一块曲奇饼，然后
跟着爸爸飞奔下山。他们下山的时候听
到从半山腰上传来坏叔叔的哭叫
声："完了！完了！这是哪个坏蛋把我的
鸟都放掉了！这让我以后怎么挣钱
呀！"

"小头爸爸，我们干得真棒！"

"那当然，有你小头爸爸在，就没有
干不了的事。你怎么感谢我呀？啊？"小
头爸爸说着，故意侧过脸，用手往脸

上 指了指。大头儿子跳起来，"叭！"亲了

小头爸爸一下。不料他刚亲完，便从空

中飞来刚才被他们放飞的十几只小

鸟，小鸟们绕着他俩飞呀飞呀，忽然也

去亲小头爸爸的脸，亲完了，还亲大头儿

子的脸。

"再见！小鸟！"大头儿

子和小头爸爸一起挥着 双

手 说。

图书在版编目(C I P)数据

小鸟游乐园/郑春华著.—上海：少年儿童出版社，
2008.1
("大头儿子和小头爸爸"拼音版)
ISBN 978-7-5324-7487-5

Ⅰ.小... Ⅱ.郑... Ⅲ.汉语拼音—儿童读物 Ⅳ.H125.4
中国版本图书馆CIP数据核字 (2007) 第172368号

"大头儿子和小头爸爸"拼音版
小鸟游乐园

郑春华 著

叶雄图文工作室 画

朱 慧 扉页图

费 嘉 装帧

责任编辑 吴芷菁 美术编辑 费 嘉
责任校对 王 曙 技术编辑 裴兴海

出版发行:上海世纪出版股份有限公司 少年儿童出版社
地址:上海延安西路 1538 号 邮编:200052
易文网.www.ewen.cc 少儿网.www.jcph.com
电子邮件:postmaster @ jcph.com

印刷:上海商务联西印刷有限公司
开本:889×1194 1/32 印张:4.25 字数:26 千字 插页:4
2008 年 8 月第 1 版第 3 次印刷
ISBN 978-7-5324-7487-5/I·2702
定价:10.00 元